新潮文庫

驟り雨

藤沢周平著

目次

驟《はし》り雨《あめ》

贈り物

一

作十は、ときどき道わきに立ちどまった。そして痛みをやりすごすと、また歩き出した。作十が立ちどまって、じっと考えこむようにうつむいているのを、行き過ぎるひとが不思議そうに眺めて行った。だが声をかける者はいなかった。

痛むのは、いつものように横腹の一点である。昼過ぎから痛み出した腹は、その一点から、いまは耐えがたいほどの痛みを全身に伝えていた。がまんして歩いていると、額に冷や汗がにじみ、軽い目まいが襲って来る。そのたびに作十は道の上に立ちどまった。

誰も声をかけないのは、作十がひと眼で日傭取《ひようと》りとわかるうす汚れた身なりの年寄だからでもあろうが、作十のもって生まれた悪相に恐れをなすふうでもあった。作十は険しく鋭い眼と、深くえぐれた頰、頑固そうにひきむすんだ口を持っている。肌は日にやけて黒く、髪は真白で乱れていた。そばに寄って様子をたずねたいような年寄ではない。

――もう、無理は出来ねえな。

冷や汗をしたたらせ、時どきかばうように腹に手をやって歩きながら、作十はそう思っていた。

今戸《いまど》にある寺で鐘楼をきずく仕事があって、作十は三日前からそこに雇われていた。一日二日は、盛り土を固めたり、材木を運んだりする仕事で息抜きも出来たが、今日は朝から、大八車で運んで来た石を積むのが仕事だった。

六十年寄には無理な仕事だった。近ごろは無理な仕事をすると、かならず腹が痛んだ。いつからか横腹の一点に、尋常でない病が棲《す》みついたことに作十は気づいている。その痛みは、仕事がひまで家にいるときにも、不意に襲って来て、作十の身体《からだ》をぎりぎりと緊《し》めあげることがあるが、そういうときは小鍋《こなべ》に煎《せん》じてある草汁を飲み、じっと横になっていれば間もなくおさまる。

しかし働かなければ喰えないから、外に出る。そこで痛みが起きるとお手上げだった。

——なに、家までの辛抱さ。

のろのろと歩きながら作十はそう思った。家にもどって、煎じ薬を飲めば、そのうち落ちつくだろう。そう思ったが、今日の痛みはいつもと違う気がした。痛みが腹から胸まで走り上がって来て、息苦しい。そのことが作十をいくらか不安にしていた。

大川橋の橋袂《はしたもと》を通りすぎたが、道はまだ半ばだった。作十はそのあたりで森下と呼ぶ、真砂《まさご》町の裏店《うらだな》に住んでいる。そこまでの道のりがいやに遠いように思われた。蔵前通りから駒形《こまがた》町で西に折れた。そのころには痛みは耐えがたくなり、作十は首うなだれて、ひと足ごとに小さなうめき声をたてた。

大通りでないから、作十が歩いて行く道には人影が少なかった。道の正面にうるんだような柔らかい光を投げかける夕日が低くうかんでいて、そのまぶしい光の中に、時おり横町から出て道を横切る人影や子供たちが走り回ったりする姿が、黒くうかぶのを見るだけである。

――ひと休みして行こう。

道ばたに、小さな樽《たる》が捨ててあるのを見て、作十はそう思った。そこは家がとぎれて、空地になっている場所だった。空地は木槿《むくげ》の生垣で道とへだてられているが、ところどころ大きな穴があいていて、その下だけ地面が踏みかためられているのは、子供たちがそこから空地に出入りするらしかった。

出入りするのは子供ばかりではないとみえて、空地にはところどころにこわれた木箱や、ぼろ切れのようなものが捨ててある。垣根から半分ほど道に顔を出しているその木樽も、近所の者が空地に捨てたのを、子供たちがそこまでひっぱり出して来たらしかった。木槿の垣根も、空地の中の雑草もうっすらと芽吹いている。季節は春のさかりにむかっていて寒くはなかった。

作十は垣根の外に樽をひっぱり出すと、またがるように腰をおろし、背をまるめると低いうめき声を立てた。手は自然に動いて、痛む腹をかばった。そのまま作十はじっとしていた。

道の向う側のしもた屋の格子戸《こうしど》が開いて、人が出て来た気配がしたが、作十は顔をあげなかった。道に出て来た人間は、しばらく無言でこちらを眺めている様子だったが、やがて下駄《げた》の音を立てて三間町の方に遠ざかって行った。

そのあとも、二度ほど人の足音が作十のそばを通りすぎたが、立ちどまりもせず、声もかけず、せわしなく去って行っただけである。そのまま長い刻《とき》が過ぎた。道の行手の方角で子供たちが遊びさわぐ声がするのを、作十は眼をつぶって深くうなだれたまま聞いている。ぎりぎりと身体をきざむような痛みと、軽い目まいがつづいていた。

今度は三間町の方から人が来たと思ったらその下駄の音は、作十のそばに来てとまった。

「ちょっと」

太い男の声がした。作十は顔をあげなかった。

「あんた、さっきからそうしていなさるが、いつまでも家の前にいられれちゃ迷惑だな」

作十は顔をあげて男を見た。四十半ばかとみえる、血色よくふとった男が立ってい
た。これがさっき、前のしもた屋から出て来た男らしかった。

「ここは天下の大道だ。おめえさんの世話にはならねえ」

「そんなこと言ったって、あんた」

男はそう言ったが、そこで声を呑《の》んだ。はじめて作十の人相の悪さにも気づき、ま
た、ぐあい悪そうな様子にも気づいたというふうだった。

「あんた、ぐあいが悪いんじゃありませんか」

と男は言った。だが作十を気づかったというのではなく、その声音《こわね》には、とんだも
のにかかわり合ったという感じが露骨に出ている。

「困るなあ。こんなところに坐《すわ》りこまれちゃ」

男はつぶやいた。声にはほとんど舌打をするようなひびきがある。作十がどこの町
の人間かとも聞かなかった。

そのときそれまで遠くで聞こえていた子供たちの声が、急にこちらに近づいて来た。

男と作十が問答している様子を見かけて、何事かと走り寄って来る気配だった。子供

たちは喚声をあげて走って来たが、二人のそばに来ると急に黙りこんだ。とり残されて、ようやく追いついたらしい子供が一人、誰かをつかまえてぐずっているだけである。

「誰か、いい子だからひとっ走り番屋に行ってくれないか」

と男が言った。作十はまた顔をあげた。男のほかに、十人ほどの子供たちが黙りこくって作十を見つめていた。作十は言った。

「番屋？　番屋に何しに行くんだい」

「あんたが動けないと言うのなら、番屋にとどけ出なくちゃね」

「動けねえと誰が言った？」

作十は立ち上がった。そのとたんに横腹にはげしい痛みが走って、作十は思わず眼をつぶってうめき声を立てた。おそろしい形相になったのだろう。子供たちがうしろにさがる気配がした。

そのとき女の声が、あらおじいさん、どうしたの、と言った。作十が眼をあけると、同じ裏店に住むおうめという女が立っていた。

おうめは三十半ばの子持ち女で、浅草の広小路にある水茶屋に勤めている。半年ほど前に、亭主に逃げられて、子供と二人暮らしだということは、作十も知っているが、話をかわしたことはほとんどない。

おうめにかぎらず、作十は裏店のひとびとと話すことはめったにない。路地うちで顔が合えば仕方なしに天気の挨拶《あいさつ》ぐらいはするが、長い話などは誰ともしたことがなかった。裏店の人間も、身よりがいる様子もなく、日雇いでひとり暮らしをしている作十を変り者と思い、時には得体の知れない人間とも思うらしく、作十には近づかなかった。作十は裏店の中で孤立している。

「どうしたの、おじいさん」

おうめは、子供たちをかきわけて作十の前に出て来ると、もう一度言った。

「なんだか、ぐあい悪そうだ」

「おうめさんか」

作十はほっとしておうめの顔を見た。地獄で仏という言葉を思い出していた。色白なところだけが取り柄で、眼は細く、鼻は上をむいて、器量よしとはいえないおうめの顔が、身よりに会ったようになつかしく思われた。

「腹ア痛んでよ」

と作十は、思わず訴える口調になった。

「ここまで帰って来て、動けなくなっちまった」

「そら、大変だわ」

おうめはそういうと、ためらいなく作十の腋《わき》の下に身体を入れて来た。小ぶとりでやわらかい身体で、こんな場合にもかかわらず、作十はおうめの身体からいい匂《にお》いを嗅《か》いだ。

「済まねえ」

「痛む？　家まで歩けるかしらね」

「こうして助けてもらえば、歩けるさ」

歯を喰いしばって作十はそう言い、おうめの肩にすがって歩き出した。

二

「どう」

おうめは、床に坐《すわ》ったまま粥《かゆ》をたべている作十を見ながら言った。

「痛まない？」

「もう大丈夫らしい」

作十は、粥にそえてある梅干しをしゃぶりながら言った。梅干しはおうめが自分の家から持って来たのである。

「お前さんには、えらい迷惑をかけたが、おかげさまで助かったよ」

おうめに助けられて家にもどってから、作十は三日寝こんだ。もどるとすぐに煎《せん》じ薬を飲んだが、今度だけはいつものようにすぐには効いて来なかった。おうめの介抱をうけなかったら、どういうことになったかわからない、と作十は思っている。

おうめは昼の勤めで、朝の四ツ（午前十時）ごろ家を出て、夕方の七ツ半（午後五時）には店を出て帰って来る。その間、六つになるおうめの娘は、おとなしく留守番をしている。そういうことは、作十も知っていた。

作十を裏店《うらだな》の家までかつぎこんでから、おうめは、煎じ薬や重湯をつくったり、夜おそくまで作十の様子をみたりして看病した。おうめが自分の家の始末をそこそこにして駆けつけて来る様子を、作十はうなりながらちゃんと見ていた。

作十はこれまで、誰の世話にもならず、一人で生きて来た。ひとの親切などは小うるさいと思って来たのだが、今度のおうめの情けは身にしみた。そう思いながら、作十は言った。

「いまに、何か礼をさせてもらうよ。お前さんの親切は忘れねえ」

「そんなことはいいけどさ」

おうめは、膝《ひざ》の上で手を握りしめながら、しげしげと作十を見た。

「それにしても、一人暮らしで持病持ちじゃ、これから大変じゃないか」

「…………」

「おじいさん、身よりはいないのかい」

「そんなものはいねえ」

と作十は言った。

人に聞かれれば、いつもさばさばとそう答えて来たのだが、作十は、いまおうめにむかってそう言ったとき、自分がひどくみじめな気がした。

「若《わけ》えころはな」椀《わん》を下におろして、作十は弁解するように言った。

「ひとなみに嬶《かかあ》も子供もいたさ。だがおれはひとり暮らしが性《しょう》に合っていた。ずっとひとりで暮らして来たよ」

「おかみさんと、子供はどうしたの？　死んだの？」

「そうじゃねえ。おれが極道をしたもんで、逃げて行っちまった」

「おじいさんがいくつのころ？」

「そうさな」

作十は暗い天井をにらんだ。遠い昔のことではっきり思い出せなかった。三年ほど一緒に住み、自分の子供を生んだ女の顔も、はっきりはうかんで来なかった。名前だけはおぼえている。さちという女だった。子供はおつるといった。だが、むろん赤ん坊の顔など、おぼえていられるもんじゃない。

「若いころのこと？」

おうめの声で、作十はわれに返った。

「若いころさ。二十四、五だったろうな。だから、女房、子供に逃げられても、なーんちゅうことはなかった。さっぱりしたもんだった」

「………」

「子供は、女の子でおつると名前をつけた。生きてりゃ、お前さんぐらいの齢《とし》になってるかも知れねえな」

「そうなの」

「極道もんだったからな。女房、子供がいなくなって、さびしいなんて思ったことはない。悪いことをいっぱいして、思うように生きて来た。そのむくいで、いまは年寄って、他人のお前さんの厄介になっているわけよ」

「もう少したべる？」

「いや、もういい」

作十が椀と箸《はし》を置くと、おうめは膳《ぜん》を持って台所に行った。そして蠟燭《ろうそく》の灯をともすと、水音を立てはじめた。

その物音を聞いているうちに、作十は、遠い昔にあった暮らしのことが、胸にもどって来るような気がした。

そのころ作十は、まだ檜物《ひもの》職人だった。奉公を半ぱで切り上げたせいもあって、腕がいいとは言えず、腰の落ちつかない渡り職人だったが、暮らしにはまだまともなところが残っていたのだ。

おうめが立てる水音は、作十にふっとそのころのことを思い出させる。顔も思い出せなくなった女房のさちが、台所にいるような、一瞬の錯覚にとらわれる。かと思うと、そこにいるのは、おうめではなく、生きているか死んでいるかわからない、別れた娘のようにも思えて来る。

水音がやんで、おうめがもどって来た。作十は夢からさめたように、おうめの顔を見た。

「あら、まだ寝てなかったんですか」

おうめに言われて、作十はごそごそと横になる。おうめが上から夜具を着せかけて、首のところを押えた。

「あしたも来てあげるからね」

「いや、明日はいい。自分でやる」

「まだ、だめだよ」おうめは、作十を軽くにらむようにした。「無理して、もとにもどったら、何にもなんない」

「そうかといって、他人のお前さんにいつまでも厄介をかけるわけにはいかないさ」

「遠慮なぞいらないのに。お互いさまだよ」

「お前さんだって、大変だろうと思ってよ。働いてくたびれて来るのに、おれがような年寄の世話までさせちゃいけねえや」

「…………」

「ご亭主は、もどらねえのかい」

「もどるわけないでしょ。女をこしらえて逃げたんだから」

「もどらねえと限ったもんじゃねえよ。辛抱してもうちっと待ってみるこった」

「あたしね」おうめは襟《えり》もとに、顎《あご》をうずめて眼を伏せた。

「生まれた土地に帰ろうかと、このごろ考えてんだよ」

「どこだい、生まれた土地ってのは」

「房州の海べの村。若いころにこっちに奉公に来て、そのまま所帯を持っちまったから、一度も帰ったことがないけど、親はまだ生きてるんだ」

「…………」

「このごろやたらに親の顔を思い出したり、村のことを夢に見たりするね。あたいはおじいちゃんのように気が強かないから、やっぱり心細いんだ。里心がつくって、こういうのかね」

「田舎か。帰るところがある人間はしあわせかも知れねえな」

「じゃ、おやすみ」

不意におうめは言った。立ち上がると、細い眼をいっそう細くして笑った。

「無理するんじゃないよ。明日の朝もちゃんと来てやるからさ」

行燈《あんどん》の灯を消して、おうめが去ったあと、作十はしばらく闇《やみ》の中に眼をひらいていた。身の上話などをしたのは、何十年ぶりだな、と思った。

――それだけ、気が弱ったのだ。

大きな痛みはなくなったが、横腹の一個所にある鋭い痛みは、執拗《しつよう》につづいている。長《なげ》えことはねえ。作十はそう思いながら、静かに眼をつぶった。

眼の裏を、どうしても顔の思い出せない、別れた女房の姿が通りすぎ、影のようなその顔が、ふっと眼の細いおうめの顔に変ったのを感じながら、作十は小さなため息をついた。

三

夜だというのに、ただならない声だった。その声が洩《も》れて来る場所がおうめの家らしいと気づくと作十は、仕事からもどって遅い飯を喰っていた箸《はし》を投げ捨て、履物をつっかけるのももどかしく家をとび出した。

おうめの家は、間に二軒おいて、作十の家の並びにある。入口の戸が開いていて、その前の路地に四、五人の人影が見えたが、近づいてみると、それは裏店《うらだな》の者たちだった。

「どうしたい？」

作十が声をかけると、一人が黙って家の中を指さした。開けはなした戸の間から、部屋の中が丸見えだった。

おうめと女の子が、部屋の隅に押しこめられたように坐《すわ》っていて、その前に男が二人いた。一人は坐り、一人は立っている。坐っているのは五十前後のでっぷりとふとった男で、立っている男は若い。若い男は、立ったまま、おうめの方と、路地にいる裏店の人間に半々に眼をくばっていた。

「何のさわぎだい」

作十が聞くと、青白いへちまのような顔をしている伝吉という男が、声をひそめて言った。

「逃げたご亭主が、どっかに借金を残して行ったらしくてよ。その証文を持った男がたずねて来て、おうめさんをおどしているらしいや。おうめさんも災難よ。ご亭主には逃げられる、ごつい借金は出て来る」

「お前さん」

うしろから伝吉の女房が、亭主の袖《そで》をひっぱった。これは身体も顔も大きい女である。

「よけいなおしゃべりをするんじゃないよ。かかわり合いになったら大変だからね」

「誰か、話をつけてやるおひとはいねえのかい」

作十があたりを見回してそう言ったとき、家の中から凄《すご》いどなり声が聞こえた。つづいて、おふみという娘がおびえ泣く声も聞こえて来た。裏店の連中は、仲裁に入るどころか、五十男のドスの利《き》いた怒声におどろいて、こそこそと家にもどる者さえいた。

作十は戸口に歩み寄った。目ざとく作十の姿を見つけた若い男が、上がりがまちまで出て来たが、作十はかまわず土間に入った。

「なんだ、おめえは」

若い男は威嚇《いかく》するように言ったが、茶の間の灯にてらし出された作十の顔をみると、ひるんだように、少し後じさった。

若い男も、険しい顔つきをしていたが、作十の年季が入った悪相にくらべると、見劣りする。裏店に、こんな凶悪な人相の男がいるとは思わなかったらしく、若い男は気圧《けお》されたようにもう一度言った。

「なんだよう、おめえは」

「おれか。おれは裏店《ここ》のもんさ」

作十は若い男を手で振りはらうようにして土間から上がると、ぬっと部屋の中に入った。すると五十男が作十を見上げた。その男は若い男のように、作十を見てもたじろぐ様子は見せなかった。

冷たい眼で眺め、作十が畳に腰をおろすのをみてから、はじめて声をかけて来た。

「お前さんは誰だい？」

「誰だとはご挨拶《あいさつ》だな。おれは作十というもんだよ。おめえさんこそ誰だい？」

「名乗るほどのもんじゃないが、根津《ねづ》の辰巳屋から来た使いだ」

「ふん」

と作十は鼻で笑った。

「辰巳屋か。若え時分《わけえじぶん》にずいぶん遊んでもうけさせてやった店だ。おはやさんといった若えおかみを知ってるぜ。いまごろはずいぶんとばばあになっちまったろうが元気かい。そうか、おめえ、辰巳屋の使い走りか」

男は毒気を抜かれたように、しばらく黙って作十の顔を見つめた。そして構えを立て直すように肩をそびやかした。

「じいさんに用はねえや、帰ってもらおうか」

「そうはいかねえ」

作十は男をにらんだ。

「遠くの親類より近くの他人と言ってな、気になる。それに、どなってたのはおめえさんかい。ああいうこけおどしの声を張りあげられちゃ、はた迷惑だぜ。どういう話か、一丁聞かせてもらおうじゃねえか」

「じいさんに聞かせたところで、埒明《らちあ》く話じゃねえよ」

「そう見くびったもんでもあるめえよ。話しな」

「伊三郎が借金を残して行ったのよ」

男はおうめの亭主の名を言い、懐《ふところ》に手を入れて、証文らしい書付けを取り出した。

「見な。つけで遊んだ金が、たまりたまって十両と二分。たしかに借用つかまつりました、と野郎の爪印《つめいん》が押してあら。伊三郎というのは調子のいい男でな。辰巳屋ではすっかり信用してたんだ。しばらく姿を見せねえから変だとは思ったが、借金が出来たから、少しはまとまった金を持って顔を出すつもりだろうと思っていたらしいや」

「…………」

「ところがある男が、伊三郎は女と逃げたと知らせて来たんだ。あわてて来てみりゃこのざまじゃねえか」

男はじろりとおうめを見た。

「ところが嬶《かかあ》は、そんな借金なんぞ知らねえと言いやがる。知らねえじゃ済まされねえってどなってやったのよ」

「どれ、そいつを見せてみな」

作十は男の手もとから証文をひっぱり寄せてのぞきこんだ。そしておうめに言った。

「ご亭主は字が書けたかね」

「書けたでしょ。お店勤めをしてたから」

そう言えば、おうめの亭主は、もともと太物《ふともの》問屋に奉公した男だが、若いころから尻《しり》が落ちつかずあちこちと店を変って貧乏していると聞いたことがあったと、作十は思った。

お店者らしく如才ない物腰と、すべりのよい口を持ったおうめの亭主の姿が胸にうかんでくる。

「じゃ、しようがねえな」

作十は男の膝《ひざ》に証文を投げ返した。

「で、どうしろと言うんだい？」

「知らねえじゃ済まされねえってことよ。家の中の物を叩《たた》き売ったところで一両にもなるめえから、嬶をしょっぴいて行って、辰巳屋でお勤めをさせるしかあるめえ」

「しょっぴくだと？」

「おうさ。辰巳屋は鷹揚《おうよう》な店だ。信用がおける客とみれば、つけでも遊ばせるが、取り立てはきっちりやる。そうしなきゃ、商売が成り立たねえ」

「女郎屋の走り使いが、大きな口をきくぜ」

作十はまたたきもしない眼を男に据えてそう言ったが、その眼をふっとおうめに回した。

「聞いたとおりの話かね？」

「ええ」

おうめはうなずいたが、小さく身ぶるいをした。

「だけど、あたしはいやだって言ったんだ。この年になって女郎勤めなんて」

「あたりめえだ」

作十は男に顔をもどした。

「おうめさんは、捨てられた女房だぜ。ぜがひでも取り立てるってえのならよ、おめえさんたちで亭主を探し出して取り立てたらどんなもんかね」

「じいさんよ」

五十男が、変に沈んだ声で言った。男はゆっくり証文をたたんで懐にしまった。そしてちらと若い男に眼くばせした。部屋の入口をふさぐように立っていた若い男が、眼くばせをうけると懐に手を入れた。

「お前さん、たかが女郎屋の取り立てだとおれたちをバカにしちゃいけねえぜ。こっちはそれで飯を喰ってるんでな。頂くものは、どんなことをしても頂く」

「まあ、待ちな」

と作十は言った。いま眼の前にいる男たちが、どういう種類の人間かということはよくわかっていた。人情などというものは、かけらも持ち合わせない冷酷な連中なのだ。ひっかかった払いを取り立てるために、男たちがどんなことをやるかは、何度もこの眼で見てきた。

待ちな、と作十はもう一度言った。

「その金は、おれが都合しようじゃねえか」

「いけないよ、おじいさん」

おうめが驚いたように言ったが作十は振りむかなかった。

「どうだ？　おれにまかせねえか」

「信用ならねえな」

男は作十をじろじろ見ながら、唇をまげてはじめて笑った。

「うまいことを言って、女を逃がそうたって、そうはいかねえよ」

「そんなケチなことは考えてねえよ。心配だったら見張りをよこしな」

「おめえさんが、どうして払う？」

「そうバカにしたもんでもねえぜ」

と作十は言った。

「期限を切ろう。それなら安心だろう。え？」

半信半疑で男たちがひきあげ、裏店の者たちも家に帰ったあと、作十はおうめに、心配することはいらない、まかせておけと言い置いて家にもどった。

たべかけの飯を手早く済まし、夜具をしくと作十は行燈《あんどん》の灯を消し、夜具の中にもぐった。

——おれも、いくじがなくなったよ。

さっきの男たちとのやりとりを思い出して、そう思ったが、さからわずに帰したのがよかったような気もした。気はしっかりしているつもりでも、身体が言うことをきかなくなっているのを、作十は知っている。

ひどく疲れていた。男たちとのやりとりだけで疲れたのだ。そして相かわらず横腹が痛む。痛みはこの前のように、身体中にひろがる気配はないが、生き物のようにしつこくその場所で息をついていた。

作十が寝返りをうったとき、しのびやかに戸がひらいて、家の中にひとが入って来た気配がした。作十は頭をもたげて気配を聞いたが、茶の間まで入って来た人間が、おうめだとわかると、枕《まくら》に頭を落とした。匂《にお》いでわかった。

「おじいさん、眠ったかい」

「いや、起きてるよ」

おうめは、そろそろと畳を這《は》って来ると、作十が寝ているそばに来て坐った。

「こんな時刻に来ちゃいけねえよ」

と作十は言った。作十が一度倒れてから、おうめが時どき作十の家に来て、飯の支度をしたり、洗い物をしたり面倒をみているのを、裏店の連中が笑いものにしていることを、作十は知っていた。変り者のじいさんと、亭主に逃げられた三十女ができたと思っているのだ。

「ほかの者が、変に思う」

「でも、眠れないもの」

おうめはため息をついてそう言い、しばらく黙った。そしてぼんやりした口調で言った。

「あんなことを言って、いったいどうするつもりなのさ」

「言ったとおりよ。お前さんが心配することはねえ」

「だって、十両なんてお金が出来るわけはないだろ」

「なあに、借金も返し、ついでだから帰りたがっている房州の田舎までの路銀も、ちゃんと工面してやるよ。まかせておきな」

「そんな、夢みたいなことを言って」

おうめは力のない笑い声を洩《も》らした。そして手さぐりして作十の手を握った。

「いろいろ考えたけど、あたしが身を売って返すしかない金だと決心したよ。それがいやなら、子供を売れっておどかされたものね。だからといって、ここを離れて、どこへ逃げられるもんでもなし」

おうめは、作十の手を頬にあてた。

「でもうれしかったよ、かばってもらってさ。あたしをかばってくれる人間なんて、おじいちゃんだけだもんね」

なに、おれをかばってくれたのも、お前さんだけさ、おあいこだと作十が思ったとき、おうめがするりと夜具の中に入って来た。

肺の中まで女の身体の匂いが入りこんで来たと感じながら、作十は一瞬これまで思いもしなかった夢を見たようだった。おうめとおうめの子供と三人で暮らし、死ぬときはこの女に死に水を取ってもらう。野良犬《のら》のように、誰に看取《みと》られることもなく、いずれ死にどきを迎えることだろうと覚悟していたが、おうめに、いまのようにやさしい気持があるなら、そういう暮らしだって出来ないわけはないという気がした。

作十は横腹にある痛みを忘れた。こみ上げて来る至福の思いにうながされて、おうめの身体に腕を回すと、おうめも黙って作十の胸に顔をさし入れて来た。

——もっとも、仕事がうまくいけばの話だ。

作十はおうめの腰から紐《ひも》をはずしながら、そう思った。考えている仕事が、ひさしぶりに身体の奥に眠っていた血をざわめかせるのを感じながら、作十は紐を抜きとったおうめの身体に、手を這わせて行った。

四

次の日、作十は朝早く家を出ると、蔵前通りに出、浅草に出ると大川橋を東に渡った。

——いい日和《ひより》だぜ。

作十はそう思いながら、はればれとした気分で足を運んだ。大川の水が青く澄んで、その上を小舟が二艘《そう》、すべるように走っている。そして橋の行手の左側、向島のあたり一帯にうすいもも色の靄《もや》がかかっているように見えるのは、桜の花だった。朝の日射《ひざ》しは、まだいくぶん冷たいが、気持のいい朝だった。作十のはるか前の方に、人影が二つ動いているだけで、橋の上はまだがらんとしていた。

作十は、少し若返ったような気がしている。ゆうべああいうことがあったせいかも知れなかった。ひさしぶりに女と肌を触れ合ったというのに、作十は不如意《ふにょい》のままで終った。齢《とし》のせいもあるだろうが突然の思いがけない成行きに身体の方があわてたようでもある。うまくいかなかった。

だがおうめは、そのことを咎《とが》めたり、侮《あなど》って笑ったりせずに、かえって身体にさわりはしなかったかと気づかってくれたのだ。

——あれは、やさしい女だぜ。

身体にさわるどころか、腹の痛みも、今朝はあまり気にならない。作十は勢いよく足を運んだ。

作十は、橋を渡りきって北本所《ほんじょ》の町に足を踏みいれると、勝手知った道を行く足どりで迷いもなく町々を通り抜け、やがて荒井町にある寺の門をくぐった。泉竜寺という天台宗の寺である。

作十はきれいに掃ききよめられている境内に入ると、本堂を横目に見て、庫裡《くり》の裏側に回った。作十が足をとめたところに、庫裡の軒下からおろし掛けにした、小屋のような住居がある。

作十は無言で小屋の戸を開けた。だが中は薄暗い光が澱《よど》んでいるだけで、無人だった。敷きはなしの夜具や、鍋《なべ》、皿小鉢、すり切れた草履《ぞうり》などが、ぼんやりみえていて、小屋の中からは饐《す》えたような匂《にお》いがよせてくる。作十は首をつっこんだまま、鋭い眼で小屋の中を見回したが、やがて戸を閉めていま来た道をもどった。庫裡のそばを通るとき、中で人声がしたが作十は足をとめなかった。庫裡につづく本堂の前も通りすぎ、墓地と本堂の間にある道を裏手の方に歩いて行った。

さほど大きい寺ではないが、それでも泉竜寺の境内は五百坪からある。本堂の裏手に回ると雑木林があった。どこかで物のくすぶる匂いがしている。作十は雑木林と、左手にひろがる墓地を等分にながめながら、立ちどまったが、やがて林の中にある小道に踏みこんだ。

林は、ところどころに赤松や欅《けやき》の大木をまじえた小楢《こなら》の深い林で、小楢の枝には、銀色のにこ毛を光らせた新葉がほぐれはじめている。その下をしばらく行くと林の隅にうすい煙がたなびいているのが見えて来て、物のこげる匂いは急に強くなった。

隣の妙源寺との、塀ざかいに近いところに男が一人いた。男は、近づく作十には気づかずに、懸命に地面に穴を掘っている。煙は、そこから少し離れた穴の中から立ちのぼっている。

鍬《くわ》をふるって穴を掘っているのは、小ぶとりの年寄だった。白くなった髪が見える。男が鍬をふるうたびに、林の中にさしこむ朝の日射《ひざ》しが、鍬の刃先にきらめいた。

作十が五、六間の距離に近づいたところで男はようやく気がついて、鍬を地面におろした。血色のよい丸顔に、少し愚鈍にもみえる人の好《よ》さそうな笑いがうかんだ。

「こりゃ、めずらしい」

男は、女のように甲高い声で言った。

「作十じゃないか。よくここがわかったな」

「おめえがいるところは、いつだってわかってるさ」

と作十は言った。めずらしく顔をほころばせて笑った。

「たった一人のだちだからな。達者でなによりだ」

作十はあたりを見回した。地面がきれいに掃かれて、あちこちに落葉の山が出来ている。男は穴を掘って、落葉を焚《た》いているのだった。

「おめえも、達者そうでなによりだよ」

と男も言った。

「これっきり赤の他人だぜと言って別れたっけなあ。あれからずいぶんになる」

「二十三年さ」

と作十は言った。二十三年、とつぶやいて男は首を振った。

「とても、そんな昔とは思えねえ。お互《たげ》え年はとったが、あれはついこないだのことのようにおぼえているぜ」

男の名は六蔵。作十は六蔵と組んで、あるとき深川の商家に押し込みに入った。二人とも博奕場《ばくちば》に借金がかさんで、せっぱつまったあげくに働いた盗みだった。むろん一回こっきりのはずだったのだが、そのはじめての盗みがうまくいきすぎた。なんなく百両という金を手に入れた二人は、当分賭場《とば》の遊びと女に使う金に不自由しないで暮らした。そしてその金が尽きたとき、どちらが言い出すともなく、次の押し込みを働いたのである。

十年ほどの間、二人は盗みで世を渡った。度胸もつき、盗みの腕も上がって、れっきとした盗《ぬす》っ人《と》になっていた。だが二人組の盗みが人の噂《うわさ》にのぼり、奉行所でも目をつけて必死に後を追って来るようになると、二人はたびたび危い目に遭った。

ある晩二人は追いつめられて、大川の水にとび込んだ。秋も末のころで、二人は岸を走る奉行所の手の者の提灯《ちょうちん》を見つめながら、水の中でこごえた。六蔵は寒さにこごえて気を失い、作十がつかまえなかったら、そのまま水に流されるところだったのである。

その夜を限りに、二人はぷっつりと盗っ人稼業《かぎょう》から足を洗い、右と左に別れた。冷たい水の中で、こういうことをつづけていればどうなるかという、先行きを見た気がしたのだが、その夜の盗みがうまくいって、二百両からの金が手に入ったことも、足を洗う心を決めさせたようだった。

もう若くはねえ、この金で人なみの暮らしにもどることだぜ、と二人は言い合った。

二人とも四十に手がとどいていた。

「おめえは、いま何をやっているんだい」

と六蔵が聞いた。

「日雇いよ。毎日もっこを担《かつ》いだり、どぶをさらったりしている」

「この年でか」

六蔵はあわれむように作十を見たが、光の鈍い眼にはじめて警戒するようないろをうかべた。

「ところで、今日は何か用かね」

「もう一度やる気はねえかい、六」

「………」

「昔やった仕事だよ。おれたちはぴったり息が合った仲間だったぜ。ヤバイ目にはあったが、一度もつかまりはしなかった。そうだろ?」

作十は歯が欠けた口から唾《つば》をとばして、たたみこむように言いながら、六蔵の顔をのぞきこんだ。六蔵は黙って作十の顔を見返したが、やがて顔をそむけると、よせやいとつぶやいた。

「おれは五年前にここに雇われて、寺男で安気に暮らしている。何の不足もねえ。それにもう年だ。そんな元気はねえよ」

「そうか」

作十は雑木林のはずれに、鋭く日を照り返している墓石の方を指さした。

「そうして、いまにあの下に入るのを待ってるというわけだな」

「…………」

「六よ」

作十はやさしい声で言った。近づいて六蔵の肩に手を置いた。

「ここに来る前に、おめえの小屋をのぞいて来たぜ。昔はいい目もみた男が、みじめなもんじゃねえか。嬶《かかあ》はいるかい？　子供がいるかい？　いやしねえだろうが。いずれあの薄暗《うすぐれ》え小屋の中で、そばで看取《みと》る人間もなくて息絶えるのだぜ。それがそんなにうれしいか」

「…………」

「おれはいま、金がいる。手伝えよ、六。昔やったようにやるんだ。そうすりゃしくじるわけがねえ。たんまりわけ前をやるぜ。わけ前をもらって、もちっと人なみの暮らしにもどろうてえ気は起きねえかい」

「…………」

「おめえは女好きだったのによ。いまじゃ女っ気なんてかけらもねえじゃねえか。せめて死ぬときぐらい、女に手をとられて死にてえとは思わねえかい」

六蔵は低いうなり声を立てた。そして作十に顔をもどすと、眼を光らせて言った。

「一回こっきりだぜ、作十」

六蔵と別れると、作十はいそぎ足に寺の境内を出た。だが大川橋の方にはもどらずに、そのまま南本所の方にむかった。そして武家屋敷がならぶ町に入りこむと、さりげなく一軒の旗本屋敷に近づいて行った。

六百石の旗本とわかっている。裕福な家だと調べがついて、次に盗みに入るつもりだったが、足を洗ったのでそのままになった家だった。門前を行き過ぎながら、作十の眼は、この屋敷が、いまも裕福かどうかをさぐっている。

次に裏手に回った。二十年前に見当をつけた忍び口が眼に入って来た。太い松の枝が、わずかに塀の上に頭をのぞかせている。作十の顔に満足した表情がひろがった。

五

うしろに、六蔵のもの悲しげな悲鳴が上がったが、作十はふりむくゆとりがなかった。作十も斬《き》られて、肩から背中にかけて深手を負っている。背中から腰のあたりに、血がしたたり落ちるのを感じながら、作十は獣のように闇《やみ》の中を走った。

太い幹を持つ松の間を、すり抜けるようにして塀下までたどりつくと、作十は枝から垂らしておいた縄にすがり、松の幹に足をかけた。だがあわてているのと、身体から力が抜けているせいで、地面にすべり落ちた。どしりと音を立てた。

――落ちつけよ。落ちつかねえと、ここでおしめえだぞ。

ちらちらと走る提灯《ちょうちん》の明かりが、次第にこちらに近づいて来るのをにらみながら、作十は黒布の頰かぶりの中で凄《すご》い形相をした。作十は今度は縄につかまりながら、土塀に足をかけた。渾身《こんしん》の力を腕にあつめて、ようやく塀の上に這《は》い上がると、作十は縄をたぐりあげ、転げるように塀外にとび降りた。

身体がばらばらになるような傷の痛みと、はげしい呼吸の喘《あえ》ぎに耐えて、作十はしばらく黒いぼろ切れのように道の上にうずくまったが、塀の内側に人声が集まって来た気配を聞くと、立ち上がってよろよろと歩き出した。闇が作十の姿を吞《の》み込み、追手も塀の外までは出て来なかった。

作十が裏店《うらだな》にたどりついたのは、それから一刻《いっとき》(二時間)ほど経《た》ってからである。作十は木戸を入ると、明かりもみえない路地を、よろめきながらすすんで、おうめの家の前に立った。

あたりに眼をくばってから、匕首《あいくち》を抜いて戸の隙間《すきま》にさしこみ、心張棒を土間に落とした。戸を開けて土間に入ったが、おうめは眠っていて、いまの物音に気づかなかったらしく、家の中はしんとしている。

上がりがまちににじり上がると、作十は茶の間の障子をあけて、低い声でおうめを呼んだ。何度か呼んだところで、ようやく目ざめたらしいおうめが、だれ？　と言った。

「おれだ。作十だ」

「どうしたの、おじいちゃん」

おうめは驚いた声を出した。あわてて起き上がる気配がし、やがておうめが出て来た。おうめは作十の前に膝《ひざ》を折るともう一度言った。

「いまごろ、どうしたのよ、おじいちゃん」

「しッ」作十は言った。

「大きな声を出すな」

「待って。いま明かりをつける」

「いられねえ。すぐに出て行くから、これから言うことをよく聞くんだ」

作十は懐《ふところ》から袋に入れた金をつかみ出して、おうめの手に握らせた。

「これは金だ。みんなおめえのものだ。これで辰巳屋の借金を返し、それが済んだら子供を連れて田舎に帰んな」

「待ってよ。何のことかわからない。とにかく上にあがったら」

「いや、そうしちゃいられねえのだ」

作十はおうめがのばして来た手を、押しもどした。

「これから言うことが肝心のところだぜ。いいか、よく聞きな」

作十は眼がくらむ感覚に耐えながら、深く息を吸いこんだ。

「今夜おれがここに来たことは、誰にもしゃべっちゃならねえ。むろん、金のこともだ。それからな、いまからどんなことが起きても、おれの家をのぞいたりしちゃいけねえよ。知らんぷりをしていろ」

「……………」

「おれとおめえとは、赤の他人だ。裏店の中のただの知り合いと、人にはそう思わせなくちゃいけねえ。そうしねえと、おめえの手もうしろに回るぞ」

「じゃ、このお金は？」

「おめえはそんなことまで知らなくてもいいさ。だまって、知らんぷりをしていればいい」

「おじいちゃん。あたしゃこわいよ」

「なに、こわがることはねえよ」

作十は、とりすがって来たおうめの背を撫《な》でた。おうめの身体のいい匂《にお》いが、作十の胸の中まで入りこんで来た。

「じっとしてろ。何を聞かれても、存じませんと首を振るんだぜ」

おうめに別れると、作十は足音を盗んで家にもどり、戸の内側からしっかりと心張棒をかった。そこで張りつめていた気がゆるんだようだった。

作十はようやく土間から茶の間まで、膝でいざって這い上がると、敷きはなしの夜具の上に倒れこんだ。痛みのほかに、耐えがたいほどのさむ気が襲って来た。草鞋《わらじ》も頬かぶりもそのままで、作十は両腕で胸を抱いて顫《ふる》えつづけた。

——五十両ぐらいはあったかな。

歯を鳴らして顫えながら、作十はぼんやりとおうめにやった金のことを考えた。思ったより少なかったが、おうめ一人にはそれで十分だろう。

——それにしても、年取ったもんさ。

作十は闇の中でにが笑いした。六蔵のやつ手が顫えやがって、あとひと息のところで、でけえ物音を立てやがった。あのしくじりがなきゃ、うまく逃げられて、六のやつもちっとはいい目をみられたのによ。

作十の耳に、逃げる途中で聞いた六蔵の悲鳴がひびいた。やつはもう生きちゃいめえ、と思った。その六蔵が、死ぬ前に作十のことをしゃべったかどうかが問題だった。もしもしゃべったとなれば、明日と言わず、今夜にもここに奉行所の人間がやって来るかも知れない。

——とにかく草鞋ぐらいはとらなきゃな。

作十は起き上がろうとした。だが身体は石に押えられたように重く、作十は腕一本動かすことが出来なかった。悪寒《おかん》はおさまったが、かわりに熱湯に漬けられたように身体が熱くなっている。作十はようやく頬かむりをむしり取った。

——おれも、くたばるところらしいぜ。

まっくら闇の、ひともいねえところでよ、と思ったが、ひとがいても同じことのような気もした。身体をかけめぐる痛みと、がまん出来ないほどの熱さの中で、作十は低くうめき声を洩《も》らしつづけた。その間に、昔あったことが、きれぎれに頭にうかんでは消えていった。どうしても思い出せなかった、別れた女房の顔まで出て来た。

——もう少し、いい女だと思ったがな。

消えていった女房の顔を追いながら、作十はうす笑いした。最後に色の白いおうめの顔と、ただ一度触れただけの、やわらかい身体が思いうかんで来たが、それもあっという間に消えて、作十は不意に胸がつまるような痛みと一緒に、暗黒が押し寄せて来るのを感じた。

岡っ引が出て行ったあとも、おうめは上がりがまちに坐《すわ》ったまま、そこから見える路地に眼を据えながら、じっと坐っていた。

作十の死体が見つかったのは、二日前の朝である。その朝、おうめはすぐにも作十の家をたずねたかったが、前の夜に作十に言われたことが胸にあったので、じっとこらえた。死体を見つけたのは、作十の隣のおよねばあさんである。

黒衣裳《いしょう》で草鞋ばきという異様な恰好《かっこう》のままで、しかも血だらけの死体だったので、裏店の者は大家にとどけ、大家の知らせで自身番からひとが来た。作十の死体は、戸板に乗せられて自身番に運ばれて行った。

だがほんとうの騒ぎは、中一日置いた今日になってから起きたのである。朝早く奉行所の役人と思われる、羽織に一本刀を差した武士が二人も来て、岡っ引とか、その下働きをしているらしい五、六人の男たちと一緒に、作十の家に入って行った。作十の家は、家さがしをうけていて、かまどの灰の中まで調べられていると、およねばあさんが言った。

おうめは顔色が変わるのを感じた。何があったのかは、おうめにもうすうすわかっている。作十が盗みを働いたのだ。だが顔色が変わったのは、自分も家さがしをうけるのだろうかと思ったからである。作十が置いて行った金は、長持の中の一番下に隠してある。見つかれば申し開きはむつかしかった。

作十の家の家さがしが終ると、奉行所から来た男たちは、裏店を一軒ずつ聞いて回った。おうめの家に来た岡っ引が、お前さんは作十と、とりわけ懇意にしてたらしいじゃないかと言ったとき、おうめは息がとまるような気がしたが、やっと答えた。

「田舎のおとっつぁんと、似た年ごろのひとでしたからね。でもそれだけのことですよ。旦那、いったい何があったんですか？」

岡っ引は深くは疑わずに去った。安堵《あんど》からおうめは動けずにいる。その安堵の中に、心を刺して来る痛みがあった。じいさんに言われたとおりにしているだけだと考えたが、あたしはやっぱり、じいさんがくれた金が欲しかったのだと思いあたったのである。

——その金さえあれば、亭主の借金も払えて、帰る気になれば、田舎にだって帰れると思っていたのさ。

かわいそうに、とおうめはつぶやいた。たかがその程度の女なのに、作十は家ものぞいちゃいけないなどとあたしをかばって、暗いところで一人で死んで行ったのだ。

おうめはこみ上げて来る涙を溢《あふ》れるままにしていた。

するとぼやけた視界に人影が動いて、子供の声がした。

「おっかさん、どうしたの？」

おうめはあわてて手で涙を拭《ふ》いて答えた。

「なんでもないよ。おふみ、夏になったら、房州の家に帰ろうかね。どう？」

うしろ姿

た。

「どうぞ、狭い家ですが、ええ。上がっとくんなさい」

という六助の声がした。その声は十分に酔っている。またかと、おはまは跳ね起き

六助は酔うと、誰でもかまわずに家にひっぱってくるという奇癖がある。職人、人足、お店者《たなもの》。いずれも申し分なく出来上がった連中が、六助に連れられてひょろひょろとやって来ては、ひとしきり騒ぐ。おはまはそういう酔っぱらいをなだめて帰すのに必死になり、次の朝は隣近所に詫《わ》びを言って歩くのだ。

女までやってきて、入りかけておはまを見るなり「あら、おかみさんがいたの」と、えげつない捨て科白《ぜりふ》を残して帰ったこともあるし、一度などはどういうわけか、ちゃんとした身なりで、二本差した武家がついて来たことさえある。

なだめられて帰るのはまだいい。家に入るやいなや酔いつぶれてしまうのもいるし、無理に帰そうとすると怒るのもいる。そういうてあいは、仕方がないから泊めるしかないのだ。

十日ほど前に、六助が連れて来た男には、大概の酔っぱらいには驚かなくなったおはまも肝をつぶした。さかやきはのび放題、頬には刃物のあととはっきりわかる大きな古傷のある凄《すご》い人相の男で、入ると早速、手あたり次第に部屋の中の物を投げた。

「ま、ま、おだやかに、おだやかに」

などと言っていた六助もほうり投げられる騒ぎに、眼をさました子供二人は、おびえて泣き出した。ひとしきり物を投げ終ると、男は今度は六助とおはまを並べて坐《すわ》らせ、大あぐらでくどくどと説教をはじめた。子供たちが泣きわめく中で、おはまは神妙に首を垂れて、わけもわからない男の説教を聞いたが、こんなバカな話があるかと思ったのである。

「いい年こいて、ガキなんぞこさえやがって、てめえら」とか「大家を呼んでこい。はばかりながら大家に言うことがある」とか、脈絡もないことをならべて凄んでいた男は、そのうち眠くなったらしく、二、三度あくびをすると、どたんと後にひっくりかえって、そのまま寝てしまった。

こわくて起こして帰すどころでなかった。すごいいびきをかいている男の上に、そっと夜具をかぶせて、おはまは寝間に入ったが、腹が立っているところに、さきに床にもぐった亭主がもそもそ寄って来たのでよけいにかっとなり、亭主の大事なものがついているあたりを、蹴《け》とばしてやったのだ。

六助はそれであきらめたらしく、背をむけて寝てしまったが、おはまは眠るどころではなかった。これまでもいろいろな酔っぱらいが泊って行ったが、べつに盗《と》られる物もない家である。こわい思いはしたことがない。だがその夜はこわかった。おはまは、男のいびきを聞きながらまんじりともせず夜を明かした。

それでも、朝六助の頓狂《とんきょう》な声に眼ざめたのは、明け方に眠るともなくとろとろとしたらしかった。六助の声に、おはまはとび起きて茶の間に出た。

「このひとは、なんだい」

夜具の下から、大の字に手足をはみ出させて眠っている男を指さして六助は言った。いつものことながら、昨夜のことはひとつもおぼえていない顔だった。

おはまは無言で亭主の尻《しり》をつねってやった。六助は「いてて」と言って尻をかばったが、それでまたやったかと納得したらしかった。茫然《ぼうぜん》と男の顔を見おろしている。寝顔まで凶悪な男だった。子供たちも眼をこすりながら起き出して来て、男を見た。

その気配がわかったのか、男が眼をあけた。男は自分をのぞきこんでいる一家を、不思議そうに見上げたが、不意に「何だ、何だこりゃ」と言って上体を起こした。そして部屋の中を見回しながら、しきりに首をひねった。

「こいつは、どうも」

不意に男は立ち上がると、だみ声でそう言った。そしてみんなの顔は見ずに、首をひねりながら土間に出て行った。履物をつっかけながら、男はぶつぶつと口の中でなにか呟《つぶや》いた。

戸を開けて外に踏み出してから、男はやっと振りむいて、見送って出たおはまを見た。悪党づらとしか言いようのない男の顔に、一瞬きまり悪げな表情が浮かんだ。

「あばよ」

男は右手を滑稽《こっけい》なほど高々とあげると、戸も閉めずに去って行った。

それから六助が仕事に出て行くまで、おはまは切れめなく亭主に苦情の声を浴びせた。あんなこわいひとを連れてきて、無事ですんだのはめっけものだと言った。実物を見ているので、そう言われて六助もこたえたらしかった。そのあと十日ばかりは、酔って帰る夜があっても、一人で帰っていたのである。おはまはひそかに胸をなでおろしたのだ。

それが、懲《こ》りもせずにまたぞろ誰かを連れ帰った様子である。おはまは憤然として、出てなんかやるもんかと思った。

「ほら、ここが高くなってますからな、つまずかないようにしてくださいよ、ええ」

六助と連れは、茶の間にあかりがつかないので、まだ土間でごそごそやっているらしかった。

「ま、狭い家ですがね、ご遠慮なく、ええ」

何がご遠慮なくだ、とおはまは舌打ちした。狭いも何も、二間に台所がくっついているだけの裏店ではないか。気取っちゃってまあ、とおはまは腹が煮えくりかえる思いである。

六助は、いまはしがない左官の手間取りだが、若いころにちょっとの間太物屋《ふとものや》に奉公したことがある。その一年足らずの商家勤めのころが、そのあとさっぱり目が出ない六助にとって、忘れられない古くよかりし時代であるらしく、酔うと六助は、むろんおはまに言わせれば噴飯ものだが、左官の手間取りに似あわないいささか気取った口をきくのである。

それにしても手間のかかる連れだった。履物、うまくぬげましたかな、という六助の声につづいて、ばたんと何か倒れた音がした。結局おはまは起き上がった。茶の間に入って、行燈《あんどん》を踏み倒されたりしてはかなわない。

おはまは起きて行燈に灯を入れた。そしてその行燈をさげて土間をのぞいたが、そこで絶句してしまった。今夜の連れは、腰が曲った、ほんのひとにぎりほどの身体《からだ》をしたばあさんである。

「灯が入りましたからな。もう大丈夫ですよ、おばあさん」

と手をひいている六助が言った。そういう六助自身は、右に左に頼りなく身体がゆれて、どちらが手をひかれているのか、わからないほどだった。

ばあさんは酔っているわけではなかった。こんばんは、と言ったきり、叱《しか》られた子供のようにうつむいて坐っている。白髪はぼうぼう、顔はまっくろけ。着ている物は、近づくと異臭が匂《にお》った。

おはまは眉《まゆ》をひそめた。眼の前に坐っているのは、ひらたく言えばおはまもあちこちで見かけたことがあるような、乞食《こじき》ばあさんの一人に違いなかった。酔っぱらいより、まだ始末が悪い、とおはまは思った。

「一体どうしたんだね、お前さん」

おはまは思わず亭主の肩をつかまえてゆすった。六助はあぐらをかいて腕組みし、その腕組みの上に顔を落として半分眠りかけていたが、おはまにゆすられると半眼でばあさんを眺めた。

「もう安心だからね、おばあさん。ゆっくり休むとよろしゅうございますよ、ええ」

話にならない、とおはまは思った。おはまは亭主の方は投げ出して、ばあさんに向き直った。

「おばあさん、おうちはあるの？」

「ありますよ」

と、ばあさんは小さい声で言った。うつむいたままだった。

「どこ？　おうちはどこ？」

「そりゃ、言えませんね」

とばあさんは言った。おはまは、おやと思った。口のきき方が、ただの乞食ばあさんでもないように思えたのである。だがすぐに、そういうことはないわけじゃないと思った。

むかしは商売もはやって、大勢人を使っていたという家が没落して、その家の誰それが町で物乞いをしていたなどということを、子供のころに聞いたおぼえがある。あれがそうだ、とその人を見た記憶もある。このばあさんも、ひょっとしたらそういう一人かも知れなかった。

だがかりにそういう事情があるにしろ、いま現在眼の前に坐っているのが、一人の乞食ばあさんだという事実に変りはなかった。いくら亭主が連れて来たと言っても、乞食を泊めてやるほど、あたしゃ人間が練れてないよ、とおはまは思った。

「おうちがあるなら、これから帰れるでしょ?」

「…………」

「それとも、いまからじゃ帰れないほど、遠いとこなの?」

ばあさんは、じっとうつむいたままだった。

「泊めてやりたいけどさ。家もこのとおりで狭いだろう。人を泊めるような家じゃないもの」

「この旦那《だんな》が……」

ばあさんが、胸に頭を落としこんで眠りこけている六助を、ちらと見た。

「ひと晩泊めてやるっておっしゃるから、ついて来たんですよね」

「…………」

「やっぱり、だめですよね」

ばあさんは、下からすくい上げるような眼で、じっとおはまを見た。その眼に、みるみる涙が盛りあがった。だがばあさんは泣かなかった。黙って立ち上がった。立ち上がって、夜の中に出て行こうとしていた。ひとつかみほどの小さい背を、おはまは見つめた。

「ちょっと待って、おばあさん」

おはまは不意に立って行くと、土間に降りかけているばあさんをつかまえて、上にあげた。とたんに異臭が鼻を襲ってきた。鼻をつまみながら、おはまは言った。

「ひと晩だけだよ。わかったね。ひと晩だけ泊って行きなさいよ」

泊めたくて泊めるわけではなかった。ただこの年寄を、寒くて暗い闇《やみ》の中にほうり出すことは、にんげんとして出来ないとおはまは思っただけである。それだけに、こんな厄介者を連れて来た亭主に対する腹立ちは倍加した。

おはまは気持ちよさそうに眠りこけている亭主の背をどやしつけ、寝間に追いこむと、荒々しい手つきで茶の間に床をとった。その間、ばあさんは、おはまの見幕におびえたように、部屋の隅に立ちすくんでいた。

二

ばあさんは部屋の隅に坐《すわ》っている。朝の光でみると、いっそううす汚いばあさんだった。子供二人が指をくわえてばあさんを見つめている。年寄がいるのが珍しいに違いなかったが、子供ながらもそのうす汚さに恐れをなしたふうで、二人は少し離れて見ている。

「さっぱりおぼえがねえなあ」

　と六助は、台所からばあさんをのぞいてから首をかしげた。

「おぼえがないじゃすまないよ、お前さん。あの夜具だって、日に干したぐらいじゃ使えないよ。何しろ匂《にお》いがしみついてしまったんだから」

「………」

「ちゃんと言ってよ。朝飯は出すけどさ。そうしたら帰ってくれって、お前さんの口から言ってくださいよ」

「うむ」

　と言って六助はもう一度首をのばして、茶の間をのぞいた。ばあさんは背をまるめて、じっと畳を見つめたまま、置物のように坐っている。

「しかし哀れなもんだな」

「なに言ってんだよ。哀れなのはこっちだよ。とんでもない年寄に飛びこまれちゃって、まあ」

「しかし、ああしているところが似てるんだなあ」

　六助は言って、不意に手を打った。

「そうさ、おれア昨夜のことはよくおぼえていねえがよ。それで連れてくる気になったんだぜ、きっと」

「何のことさ。誰に似てるって？」

「決まってるじゃねえか。おふくろにだ」

おはまも茶の間をのぞいた。

「な。そっくりだろ。いつもあんなふうによ。なにかひと文句ありそうなつらして、じっと坐っていたじゃねえか。物も喋《しゃべ》らずによ」

おはまの眼に、五年前に死んだ姑《しゅうとめ》の姿が浮かんできた。

六助は三人兄妹の総領で、弟は神田の亀井《かめい》町で経師屋をし、妹は本所の生薬屋に嫁に行っていた。弟の安蔵は人を三人も使っている経師屋なので、母親のおくめは、父親が死んだあと、そこに引き取られて暮らしていたのだ。

ところが、そこにじっとしていれば何不自由ないものを、おくめはどういうものかいつまでもうだつがあがらない六助と暮らしたがった。時どき風呂《ふろ》敷《しき》包みをひとつ持って、この裏店《うらだな》にやってきた。

「そう言えば、よく似てるわ」

とおはまは言った。その姑にやさしくした記憶は、おはまにはない。そのころは、いまよりもずっと暮らしが貧しかったのだ。米も買えず、子供はまだ一人だったが、親子三人で粟粥《あわがゆ》をすするような日がつづいていたのである。一人口がふえるだけで、たちまちその日の暮らしがつまった。

暮らしだけのことならまだ我慢も出来る。だがおくめは、来ればやはり姑の眼で家の中をねめ回し、喰い物に文句を言い、夜六助と睦《むつ》み合っていると、隣の部屋から咳《せき》ばらいを送ってよこした。そして隣に行って嫁のおはまのアラを言い立てるのだった。六助がさっぱりうだつが上がらないのも、気が利《き》かない嫁をもらいあてたせいだと言ったよと、隣の女房に耳打ちされて、おはまは頭に血がのぼったこともある。だから、おくめが肌着やら櫛《くし》、髪油、手拭《てぬぐ》いなどを入れた風呂敷包みを持って現われると、その姿を見ただけで、おはまの心は暗くなった。そしておくめが、暮らしの貧しい自分たちに、ことさら意地悪をしにやってくるような気さえするのだった。

口には出さなくとも、その気持は態度にあらわれずにいない。おはまは、ささいなことで六助につっかかり、おくめと口争いをした。おくめも言われっぱなしで黙っているような女でもなかったが、年のせいで、若いおはまの迫力にはかなわない。言いこめられると部屋の隅に背をまるめて坐ったまま、半日でも一日でも黙りこんでいた。そうした争いのあとに、おはまはいくらか姑が気の毒になり、湯屋に連れて行って、身体を洗ってやったりしたのだ。

おはまが、あのひとはやっぱりここで暮らしたかったのだな、とおくめのことを思うようになったのは、おくめに死なれて、三年も過ぎたころだった。経師屋で繁昌《はんじょう》しているが、立派に世間をわたっているだけに、安蔵も、安蔵の嫁も、万事きちんとした人間である。不自由なく暮らせても、おくめはやはりその家が窮屈で、貧しくてだらしがないが、やさしいところもある六助と暮らしたかったのだ、とおはまは思うようになった。

その思いは、時おりふっとおはまをおとずれて、微《かす》かに心を痛める。しかし、あのころは仕方なかったのだ、とおはまはすぐに思い返す。

いまは左官の手間取りではあっても、いい親方をつかんで、仕事がとぎれるようなこともなく、手間も渡り職人で落ちつかなかったころにくらべればずっとよくなっている。親子四人、べつにおはまが内職をしなくとも喰って行ける。だがあのころは、おはまが夜も眠らずに内職をしても、おくめが来ると足が出た。そして貧しいと、無用に気もいら立ったのだ。

おはまは、部屋の隅にちんまりとうつむいているばあさんをじっと見た。すると、言い合いに負けて黙りこんでしまったおくめが、そこに坐っているようにも見えてくるのだった。おはまはため息をついて、もう一度言った。

「ほんとに似てるわ、うちのばあさんに」

「どうでい。四、五日置いてやるか」

「…………」

「どういうばあさんか知らねえがよ。あわれなもんじゃねえか。ああして飯は出るのか出ねえのかとじっと思案しているのだぜ、きっと」

おはまは六助の顔を見た。六助の顔にはある感情があらわれていた。

六助は、おはまが時に男のくせにいくじがないと思うほど、やさしいところがある男である。そういうやり方で、六助は世の中とつき合って来たのだが、母親と女房が家の中で角つき合っていたころは、どちらについたらいいのか、わかりかねたようだった。

六助は、時には母親の肩を持っておはまを殴りつけ、別のときは女房の方について母親を叱《しか》った。しかし結局そうやって、母親と女房の間にはさまってうろうろしただけで、しまいにはおくめを弟のところに押しつけ、その家で死なせてしまったのだ。

その悔いを、六助はいまも心の中に持っているようだった。おはまも悟ったぐらいだから、六助には、母親が自分と住みたがった気持はとっくにわかっていたのだろう。

しかし母親ののぞみをかなえてやることが出来ずに最後まで争ったまま死なせてしまった。どこのばあさんとも知れない、うす汚れた老婆《ろうば》を見つめる六助の顔に、その悔いが出ていた。

やさしいということは、ただ気が弱いとかいくじがないというのとは少し違うところがある。亭主がいま考えはじめたことに、抗《あらが》わない方がいい、とおはまは思った。十二年も夫婦で暮らしていればそのぐらいの呼吸はわかる。だが、一応の苦情は言った。

「そりゃ、あんたがそう思うなら、四、五日ぐらいならいいだろうけど、でもどうするんだよ、あの汚いのを」

「なあに、洗って汚れを落としゃ、いくらかきれいになるさ」

と六助は芋の子でも洗うようなことを言った。

三

だが、十日たち、二十日たっても、ばあさんは出て行かなかった。六助の家に居ついてしまった。

六助に言われた日。おはまは夜になってひと足がとだえた時刻を見はからって、ばあさんを湯屋に連れて行った。そして時どき鼻をつまみながら、それこそ山芋でも洗うように洗ってやった。垢《あか》は恐ろしいほど出て、あんまり垢を落とすと風邪をひくなと聞いたことをおはまは思い出し、これでいいのかと心配になったほどである。ともかくそうやって家にもどると、自分のお古を着せた。問題はその後である。ひと皮むけたほど、積もった垢を洗い落としてみると、その下から何のへんてつもない、割合ちゃんとしたばあさんがあらわれた。どうみても若すぎるおはまのお古を着せてもらって、にこにこ笑っているところは、ちょっとした品のよさも感じさせる老婆《ろうば》だった。正直なもので、そういうばあさんに子供たちがすぐなついてしまったのである。

ばあさんは、そういう子供たちに唄《うた》を唱《うた》って聞かせたり、昔話をしたり、おはまに針を借りると器用にお手玉をつくってやったりするので、たちまち子供たちの人気をさらってしまった。近ごろは二人の子供をしたがえて、近所に散歩に出たりしている。嬉々《きき》として居ついてしまった感じなのだ。

近所の者に会えば、臆《おく》した様子もなくきちんと挨拶《あいさつ》をして澄ましている。裏店《うらだな》の連中はびっくりして「親戚《しんせき》のひとかね」などと聞く。おはまが愚痴まじりに事情を打明けると、聞いた者は「へえ、六さんはえらいとこあるわ。見直した。おはまさん、そういうあんたもえらいよ。なかなか出来ないことだよ」などとほめる。だんだんに出て行けとは言い辛《づら》くなって、もう二十日近く経《た》っていた。

むろんおはまは気が揉《も》める。いくらほめられたって、赤の他人をそういつまで養っておくわけにはいかない。

「ねえ、どうするつもりさ」

すきを見て、おはまは六助をつっつく。

「そうさなあ」

六助は天井を仰ぐ。その六助も当惑しているのである。ばあさんに、四、五日飯をくわせて置いてやろうと思ったのは六助の感傷である。親不孝をしたという気持があるから、ふっと思いついたことだが、さればといって素姓も知れないどっかのばあさんを、母親がわりに養ってやろうというほどの腹はないのだ。しかしもうよかろうと追い出すのも、気がすすまなかった。

「しかし喜んでいるじゃねえか」

「そりゃ喜んでいますよ。ちゃんと屋根のあるところに寝られて、おまんまを喰べさしてもらってんだから」

「そうじゃねえよ。自分の孫みてえに子供たちを可愛《かわい》がって、居ついているじゃねえかという話さ」

「でも、この子が風邪ひいたのも、こないだばあさんがあんまりおそくまで外を連れ歩いていたからじゃないかねえ」

下の女の子が風邪をひいて、熱を出していた。買い置きの薬をのませたがなおらないので、高い金を出して隣町の医者から薬をもらって来たが、熱はなかなかさがらなかった。子供は真赤な顔をして眠っている。額の上の手拭《てぬぐ》いを換えながら、おはまは声をひそめてそう言った。

「さっぱり熱がさがらない。あの先生もヤブだねえ」

ついでに医者の悪口を言ったが、おはまはまた話をもとにもどした。

「このままにしていたら、きりがないよ、あんた」

「そりゃそうだが、これから外は寒くなるぜ」

と、六助は言った。その言葉で、おはまは黙りこんだ。十月も末にさしかかっていた。まだ霜は降りないが、夜は寒く、北風が吹けば冬と変りない季節がおとずれている。夫婦はめいめいの心の中で木枯が吹く中にばあさんを置いてみるように黙って考えこんだ。

「四、五日なんて言うからさ。あたしもそのぐらいならと思ったんだよね」

ため息をついて、おはまが言った。六助の気まぐれのやさしさから、とんだ厄介者を背負いこんでしまったようだった。裏店の連中は、いまではみんな事情を知っている。この寒空にばあさんをほうり出したりすれば、いままでほめ者になっていたのが、すぐにあの夫婦は何だと言われかねない。言われても構わないが、それはやはり、にんげんとして出来ないことだ、とおはまは思った。

姑《しゅうとめ》のおくめには、ここがだめなら義弟の家があったが、ばあさんには家がない。そう思ったが、そこでおはまは、はっと顔をあげた。家はあるのだ。あるが、どこにあるかは言えない、とここへ来た晩にばあさんは言ったのだ。

「お前さん、どっかに家があるんだよ」

「うん？」

「おばあさんさ」

「冗談じゃねえや」

「ほんとだよ。お前さん酔っぱらっていたから知らないけど、ここに来た晩にそう言ったんだから」

六助は疑わしそうにおはまの顔を見た。

「ほんとだってば」

「じゃ、何で物乞《ものご》いなんぞしてたんだい」

「知らないよ、あたしゃ。とにかくそう言ったんだから、一度話だけでもしてみたら」

「そうだな」

「親孝行の真似《まね》ごとも、大概気が済んだんじゃないのかね」

六助があんまり億劫《おっくう》そうな顔をしているので、おはまはちょっぴり厭味《いやみ》を言ってやった。六助を寝間から追い出すと、おはまはまた子供の額から手拭いをとって水にひたした。手拭いが、びっくりするほど熱かった。おはまは不安になって、子供の顔をのぞいた。

六助は、あまり気がすすまなかった。赤の他人を、いつまでも養っておくことは出来ないぐらいはわかっているが、家から追い出すということがいやだった。どう言いつくろおうと、結局は追い出すという形になるのだ。こんなばあさんを、どこで間違って家に連れて来たものかと、後悔がこみ上げてくる。

ばあさんは、長火鉢にしがみついて、居眠りをしていた。寒くなったからと、おはまが着せた派手な綿入れを着こんで、太平楽なものだった。

――なるほど、油代だってバカにはならねえや。

と六助は思った。寝るには早いから茶の間に行燈《あんどん》をともしてある。そして子供が熱を出したので、寝間にもうひとつ行燈をつけた。ばあさんがいなければ、ひとつ行燈ですむところである。

「おばあさん」

そっと肩を叩《たた》くと、ばあさんははっと身体を立て直して眼を開いた。そのしぐさに、やはり他人の家にいる緊張があらわれていた。六助は胸を衝《つ》かれたが、気づかなかったふりをして、お茶をもらおうかね、と言った。ばあさんは、いそいそとお茶を淹《い》れた。

「ここへ来て、何日ぐれえになるかね」

親方からもらい物の熱い番茶をすすりながら、六助は話のつぎ穂をさがす感じで、ぼんやりとそう言った。ばあさんは、きょとんとした眼で、六助を見た。

「いや、この家にいるのは構いやしねえんだ、気にいってくれたんならな」

「…………」

「でもよ、あんまりいつまでもいちゃ、家のひとが心配するわな。家、あるんだって？」

「家なんか、ありませんよ」

とばあさんが言った。あれ、と六助は言った。少しあわてていた。

「だがよ。女房は家があるって聞いたって言ってるぜ」

六助がそう言うと、ばあさんはうつむいてしまった。六助は気の毒になった。家なんかあるはずがないのだ。それは、ここへ来たときの恰好《かっこう》を見ればわかる。おはまのやつ、何を聞き違えていやがるんだ、と思った。

しかし、それならいいわで済むことでもなかった。六助は咳《せき》ばらいした。

「いますぐってわけじゃねえけどよ。この家もごらんのとおりの貧乏所帯でな。いつまでも、あんたを養ってやるというわけにゃいかねえのだ。わかるな」

「………」

「だからよ。いずれはあんたにも身のふり方を考えてもらわねえと」

言いながら、六助は気が滅入《めい》るのを感じた。身のふり方と言ったところで、この家を出されれば、もとの物乞いにもどるしかないばあさんなのだ。

──厄介な人間を連れて来ちまったもんだ。

六助は深くため息をついた。ばあさんは石のようにうつむいている。

そのとき、寝間で急にあわただしい声がして、やがておはまが、けたたましく六助を呼び立てた。

「お前さん、ちょっと来とくれよ。おけいの様子が変だよ」

六助はあわてて立つと寝間に行った。おはまが病気の子供にかぶさるようにして、のぞきこんでいる。

さっきまで静かだった子供が、ぜいぜいと短く荒い呼吸をしていた。時どき眼をひらき、その眼をくるりとひっくり返すようなことをする。

「こりゃだめだ。先生のところに連れて行こう」

「だって、あそこまでは遠いよ。だいじょうぶかね」

おはまは泣き声になった。六助は無言で子供を抱き起こそうとした。すると、うしろから声がした。

「こんな寒い晩に、外に連れ出したら死んじゃいますよ」

そう言ったのはばあさんだった。ふりむくと、ばあさんが襖《ふすま》につかまって部屋の中をのぞきこんでいた。六助はうろたえて、子供を床にもどした。

「でもよ、このままじゃ死んじまうぜ」

「どれどれ」

と言って、ばあさんは寝部屋の中に入ってきた。膝《ひざ》をついて子供の様子をなめるように見た。ばあさんは落ちついていた。すがるように見つめている夫婦に、ばあさんは湯を沸かしてと言った。おはまがとび立つように部屋を出て行った。

「息穴が狭くなって来たのでね、これは。でもだいじょうぶですよ。あたしゃこんなふうになった子供を何度も助けたことがありますよ」

「ほんとかね。たのむぜ、ばあさん」

と六助は言った。少しもあわてていないばあさんが、このうえなく頼もしく思われた。ひとつかみほどしかない身体が、急に大きくなったように見えた。六助は部屋から首をつき出して、早くしろよと台所に声をかけた。

するとばあさんは、湯はあんたが沸かしなさいよ、おかみさんには湿布をあてる切れをこさえてもらうから、と言った。六助はあわてて台所に走った。

ばあさんは、子供の胸に根気よく湿布をあてた。子供の胸が赤くなったほど、熱い湿布だったが、取り換える時期などにコツがあるらしく、おはまには手出しさせなかった。とぎれないように、釜《かま》に湯を沸かさせ、黙々と湿布の布を取り換えているばあさんを、六助とおはまは手を握りしめながら見まもっているしかなかった。

明け方になって、子供の呼吸はおだやかになった。子供は一度だけ眼を開き、そのあとすやすやと眠った。

「もうだいじょうぶだね。あとは寒くしないように寝かせておけばなおりますよ」

ばあさんは確信ありげに言った。子供の様子をみれば、それが信じられた。おはまは思わず涙ぐんで、熱い湯でまっかになったばあさんの手をとった。

「ありがとよ、ばあちゃん。ごくろうさんだったねえ。さあ、寝てください」

六助もあわてて立ち上がると、茶の間にばあさんの床をとった。ひと晩眠らなかった家の中に、白っぽい朝の光がさしこんできていた。

数日して、子供は元気になった。そうなってから、六助とおはまは、ばあさんに家を出てもらう相談をかけていたことを思い出したが、もはやそのきっかけが失われてしまったことを認めないわけにはいかなかった。ばあさんは、厄介者ではあったが、子供の命の恩人でもあったのだ。

当分様子をみるしかあるまいよ、と夫婦はひそひそと話しあった。ばあさんは、そのへんのことをどう考えているものか少しもわからない顔で、むろん自分から出て行きそうな気配はおくびにも見せず、機嫌よく子供たちと遊んでいる。その姿を見て、おはまは時どき複雑な気持でため息をつくしかなかった。

ひと冬が過ぎて、春が来た。そういうある日、仕事から帰った六助は大家に呼び出された。

四

「仕事で疲れているところを、ごくろうだったな」

大家の金兵衛は、何ごとかと駈《か》けつけた六助を家の中に上げると、機嫌のいい顔でそう言った。そして酒を出した。

「ま、一杯やんなさい」

「へ」

と言って盃《さかずき》を押し頂いたが、六助は落ちつかなかった。大家に呼び出されたわけがわからなかった。店賃《たなちん》は滞っていないはずだしと首をひねりながら来たのだが、家の中に入れられて、酒まで出たわけがまたわからない。

「遠慮せずにやんなさい」

金兵衛は、浮かない顔でパッチの膝頭《ひざがしら》をつかんでいる六助に、酒をすすめてから言った。

「お前のところに、ばあさんがいるな」

「へえ」

と言ったが、六助は少し顔色が変わった。結局あれから半年近くもばあさんを養っているが、そのことを大家にとどけていないことを思い出したのである。そのことを咎《とが》められるのだ、と思った。

「悪気はありませんので、大家さん。いまに出て行くかも知れねえと思っていたもんでがすからね。それで届けなかったんでさ」

「なんのことだね」

金兵衛は、急に喋《しゃべ》り出した六助を、あっけに取られたように眺めた。

「だれも、届けろなんて文句は言ってませんよ」

「その話とは違うんですかね」

「大違いだな」

金兵衛はにこにこ笑った。金兵衛は大家をしながら、瀬戸物の店も繁昌《はんじょう》している六十近い年寄で、店賃の遅れなども無理なことは言わないので裏店の者に好かれている。

「それどころか、そのばあさんのことで、お役所の方から、近くおほめがある」

「へ？」

「そのばあさんは、お前さんが町で拾ってきたという話だな」

「へい」

「身よりもなくさまよっている年寄を引き取って、飯を喰わせ、湯屋に連れて行って、手厚く養っているとあたしも聞いてたものでな。こないだ家持ちの清左ェ門さんのところにうかがったとき、ちょいと喋ってしまったのだ」

「…………」

「その話が清左エ門さんから上の方に伝わったらしい」

「上の方と言いますてえと」

「ずっと上の方。名主さんからお奉行所の方にだ」

「旦那《だんな》、そりゃ違いますぜ」

六助は身ぶるいした。そしてあわてて盃を干した。金兵衛は酒をついでくれた。六助はそれも飲み干した。

「何が違うんだね」

金兵衛は相変らず、福々しい笑顔で聞いた。

「あっしら、なるほど年寄を一人養っちゃいますがね。べつに親切でそうしているわけじゃありませんぜ。やっこさんが出て行く様子がねえもんで、仕方なく飯喰わしているだけでさ」

「面白いことを言う」

と金兵衛は言った。

「お前さんの、そういうおごらないところが何とも奥床しいの。いや、六さん。お前さんは前々から見どころのあるひとだったよ。あそこに入って七、八年になるが、ひどい暮らしのときも、店賃を滞らしたことがなかったからな」

「大家さん、お酒頂いてよござんすか」

六助は混乱していた。どこでどう間違ったのか知らないが、おほめなどは困る、と思っていた。

子供の命を助けられて、そのあとは言い出しにくくてそのままにしていたが、そろそろあったかくなったからと、この間も女房とよりより相談したばかりなのだ。近所の者にほめられるのもいい加減気が重いのに、上の方からほめられるなどということはとんでもない話だった。そんなことになったら、ますますばあさんを出しにくくなるではないか。

「大家さん。そりゃ大家さんの考え違いですぜ」

酒で身体があたたまってきて、六助はようやく正面を向いて物を言えるようになった。

「あっしらほんとに喜んで飯喰わしているわけじゃねえんで、ええ。迷惑だけど、年寄を追い出すのも何だと、ま、我慢して来たわけで、ええ」

「迷惑？」

金兵衛は笑顔をひっこめて、じっと六助を見つめた。そして六助が銚子《ちょうし》に手をのばすとすばやく後にひっこめてしまった。金兵衛は打ってかわったこわい顔をしていた。

「それじゃ何かね。お前さんたち夫婦は、その年寄を親切から養っているわけじゃないと。つまり、早く出て行ってもらいたいと思っているわけかい」

「ぶっちゃけた話が、その通りでさ、ええ。だってあたり前でしょ？　ばあさんて言ったって赤の他人でさあ。あたくしが養わなきゃならねえいわれは何もありませんからな。ええ」

「六助」

金兵衛はますますこわい顔になった。

「お前さん、酔ってそう言ってるわけじゃあるまいな。本心だな」

「むろん本心でさ」

「それじゃ聞きなさい」

金兵衛は咳《せき》ばらいした。

「そのばあさんを追い出すなどということはとんでもない話だ。当分養っておくことだな」

「そんな、困りますよ大家さん」

「それから、近くお役所の方からご褒美《ほうび》が出るが、これも黙って貰《もら》う。いいな。もうお奉行さまのお耳にまで入ったことだ。いまさらそれは違いますなどと、言えたもんじゃありません。そんなことを申しあげたら、あたしだけじゃない、名主さんまで迷惑なさる。わかったかな。下さるものは黙って頂く」

「困るなあ、大家さん」

六助は泣きたくなった。

「そんなことになったら、あのばあさんを、一生養わなくちゃなりませんぜ。第一そんな話を持って帰ったら、嬶《かか》アに怒られまさ」

「それじゃ、かみさんにはあたしからも話そうじゃないか。そうだ、これからお前の家に行って話してやりましょう」

「…………」

「なに、そんなに心配することはないよ、六助」

金兵衛はまた、さっきのように福々しい笑顔になった。

「どっから来た婆さんか知らないが、まったく身よりがないということもあるまい。探し出して、そこにもどして頂きたいと、お奉行所の方にも頼んであげるよ」

「あてにしていいんですかい」

「だいじょうぶ、だいじょうぶ。さ、来なさい。かみさんに話してやる」

六助が、大家の金兵衛と連れ立って裏店に帰ると、出迎えたおはまがぎょっとした顔をした。酔った六助が、今夜は大家を連れて来たかとでも思った様子だった。

五

六助は暗い床の上で、眼をあいたまま女房とばあさんの話す声を聞いている。おはまがばあさんの床を敷いてやっているらしかった。

「今日は、おばあちゃん、どこまで行って来たの？」

「浅草寺《せんそうじ》にお詣《まい》りして、そのあと芝居小屋の看板を見て来ましたよ」

「…………」

「あたしも前は芝居が好きでねえ。よく見に来たんですよ。家が潰《つぶ》れる前はね。もう長いこと芝居も見ていませんねえ。いまかかっている芝居は市村座が面白そうだった」

「…………」

「お芝居見たいねえ。でも行くとなると、羽織の一枚ぐらいは欲しいねえ」

厭味《いやみ》なばあさんだ。さっきから催促していやがら、と六助は思った。おはまが黙っているのは、やはりそう思っているからだろうと思った。

ひと月ほど前。六助は大家の金兵衛につき添われて名主の家まで行った。裏店《うらだな》から行くと城のように大きな家で、それだけで六助は足がふるえたが、庭の方に回されると、そこには町役人だけでなく、奉行所の人間らしい武家も三人ほどいて、六助は眼まで霞《かす》むほどのぼせてしまった。

その武家の一人が、長々と何かむつかしい文句のものを読み上げるのを頭を下げて聞き、やがて褒美《ほうび》だという品をもらった。家にもどって開けてみると、立派な扇子一本と小判で三両の金が入っていた。そのあと、裏店の者がお祝いだと言って押しかけて来たので、おはまに酒を買わせて振舞った。ひと騒ぎがあったのである。

ばあさんには着る物を買ってやり、小遣いをやった。そのころから、ばあさんの態度が少し大きくなったようだった。どうやらこれで、ちょっとやそっとで追い出されるようなこともなくなったと合点したらしかった。

それまではおはまのお古を着て、喰べものなども、出されたものを喜んで喰べていた。が、着物も一枚だけじゃとか、この魚はあまり好きじゃないとか、遠まわしにだが文句を言うようになった。

——三両の金と言ったって。

と六助はため息をついた。振舞い酒だ、ばあさんの着物だと使っているうちに、もらった金はみるみる減った。金はじきなくなる。そして、ほうり出すことも出来なくなったばあさんが一人残るだけだということが、眼に見えていた。

「今度は芝居に行きたいんだって」

ばあさんを寝かせて、寝間に引き揚げてきたおはまが、床に入りながら小声で言った。

「冗談じゃねえや」

「あたしだって芝居なんか見たことないのにさ」

「知らねえふりしていな。いちいち言うことを聞いてたら、いまに足が出ら」

六助は暗闇《くらやみ》の中でおはまの乳首をいじった。おはまはため息をついた。亭主が身体に手をのばして来たからではなく、ばあさんのことを考えていて、思わず出たため息のようだった。

「構うことはねえ。いよいよ養い切れなくなったら、おっぽり出してしまおう」

「そんなこと出来ないでしょ。近所のひとはみんな知っていることなんだし。ご褒美はもらった、ばあさんはほうり出したって言われるわよ」

「近所の連中なんざ、知ったことじゃねえや」

六助は女房の身体のあちこちのふくらみに手を滑らせながら、うわの空で言った。

「だって、みんな知ってるじゃないか。お奉行さまだって知ってるんだから、ほうり出すなんて、出来っこないよ」

「じゃ、ばあさんを置いて、親子で夜逃げでもするか」

下の方を探って来た亭主の手を、おはまははげしく叩《たた》いた。

「あんたが悪いんだからね。もとはと言えば見ず知らずのひとを連れて来たりしたお前さんが悪いんだよ」

「………」

「だめ。ばあちゃんまだ起きてんだから」

おはまは亭主の手を押えて囁《ささや》いた。だが、その声は甘い媚《こび》をふくんだ。もっと後で、と言いながらおはまは自分から身体を押しつけて行った。

大家の金兵衛が、立派な身なりをした商人風の男を連れて来たのは、梅雨も上がって、暑くなった日の午過《ひるす》ぎだった。男は四十に手が届いたかと思われる年ごろで、訝《いぶか》しそうに暗い土間の内をのぞいていた。

「おはまさん、ちょっと」

金兵衛はおはまを外に呼び出した。そしてこのひとは三田で紙問屋を営んでいる栄屋さんだ、と言った。おはまは丁寧に頭をさげた。だが男は、ちょっとうなずくように顔を動かしただけだった。尊大な感じがする男だった。

「あのおばあさんだがね。このひとのおっかさんじゃないかと言うんだよ」

「見ないことにはわかりませんよ。ちょっと拝見しにうかがったわけです」

おはまは男を見、それから背後をふりかえった。家の中からは、ばあさんの声と、いつものようにまつわりついているらしい、子供たちのきゃっきゃっと騒ぐ声が聞こえてくる。どうぞ、とおはまは言った。

「暗いですなあ」

土間に入ると男はそう言った。おはまの後に男、それから金兵衛がつづいて家の中に入った。急に家の中が静かになった。

「おっかさん、こんなところにいたんですか」

男が大きな声で言った。おはまは金兵衛と顔を見あわせた。

「ずいぶん探したんだ。大枚の金を使ってね」

「誰も探してくれなんて頼みませんよ」

とばあさんが言った。敵意をむき出しにしたような声だった。軍鶏《しゃも》が敵に出会ったように、ばあさんは瘦《や》せた背をのばしていた。

「お前たちと一緒の家には住みたくなくて、家を出たんだから」

「まだそんなことを言う」

男は薄笑いを浮かべた。だが眼は笑わずに冷たくばあさんを眺めていた。

「おっかさん、あんたのおかげでね。店もあたしも、すっかり顔をつぶされました。何しろ家の中が面白くないからと、母親が家出したんですからな。世間のいい笑いものですよ。店の信用もだいぶ落ちましたよ」

「そんなこと、あたしが知るもんかね。お前たち夫婦とも、お店とも、あたしゃ縁を切ったんだから」

「ま、そういう寝言はね。家へ帰ってからゆっくり聞きますよ。さ、帰りましょう。いつまでもひとの家に厄介になっているもんじゃありません」

「あたしは帰りませんよ。この家に置いてもらってしあわせに暮らしてんですから。鬼がいる家になんか、誰が帰るもんですか。帰ってもらいたいんならね、あの女をここに連れてきて、頭さげさせな」

「おばあさんや」

金兵衛が口をはさんだ。

「事情はあたしにはよくわからんが、せっかく息子さんがこうして迎えに来なすったんだ。我ままを言わないで、帰んなすったらどうですかね」

「………」

「ここの夫婦は、好人物だからして、あんたを家もない人間だと思って養ってくれたわけだが、しかし正直に言えば迷惑な話でな。家があれば、そりゃ帰ってもらうにこしたことはないのです。な、そうだろ？　おはまさん」

金兵衛は、前に無理に褒美を押しつけたひけ目もあると思うらしく、懸命に言った。おはまはばあさんを見た。すると、すがるようにこちらを見つめているばあさんの眼にぶつかった。六助ならどう答えるだろうか、と思ったがわからなかった。おはまは、ばあさんから眼をそらして金兵衛を見ると、小さくうなずいた。

「当然です。さあ、帰るんだな、おっかさん」

と息子が言った。するとばあさんが立って隣の寝間に入っていった。そのうしろから、それまで部屋の隅で息をひそめていた子供たちがついて行った。

おはまが行ってみると、ばあさんは古びた長持ちを置いてある隅に、背をまるめて坐《すわ》っていた。うつむいた白髪頭が小きざみに揺れているのは泣いているに違いなかった。子供二人が、つっ立ったまま、その姿を見ている。

おはまは自分もばあさんのそばに坐った。そして膝《ひざ》の上で手を握りしめながら言った。

「迎えに来られたんじゃ、ああ言うしかないよ、ばあちゃん」

「……」

「でも、そんなに泣くほどいやな家なら、もうしばらくいる？　この家にさ」

ばあさんは顔をあげた。そして鼻紙を出すと、ちんと洟《はな》をかんでから言った。

「ありがと、おはまさん。でも、もういいのよ。大家さんがおっしゃるとおりでね。これ以上迷惑はかけられませんよ」

ばあさんは、おはまに礼を言うと、息子には眼もくれずに外に出て行った。金兵衛があわてて後を追った。その姿を、冷たい眼で見送った息子が、おはまの前に包みを出した。

「ここに十両あります。ばあさんが厄介になった迷惑料でね。受け取ってください」

「いえ」

おはまは金包みを押しもどした。なぜか、眼の前に坐っている裕福そうな身なりの男に、反感がこみあげてくるようだった。

「お金を頂くいわれはありませんよ。そういうつもりで世話したわけじゃありませんから」

「それはそうでしょうが」

男はとまどったように言った。

「しかしおふくろがさんざ世話になってですな。礼も出さなかったと言われては、栄屋の沽券《こけん》にかかわります」

「誰もそんなことは言いませんです」

おはまは、はげしい語気で言った。

「それよりおばあちゃんを、大事にしてあげてくださいな」

「そうですか」

男はおはまの反感に気づいたようだった。薄笑いを浮かべて金を懐《ふところ》にしまった。それでは、長々世話になってと、男は取り澄ました挨拶《あいさつ》を残すと立ち上がった。

木戸の外まで、おはまは子供たちと一緒に見送った。事情を知った裏店の女房たちが二、三人、一緒に見送りに出た。男と金兵衛の間にはさまれて歩き出したばあさんは、少し行くと振りむいた。そして不意に言った。

「また来るからね」

また来られてたまるか、とおはまはあわてた。あいまいに笑って手を振った。だが、心は何となく晴れなかった。男たちにはさまれて遠ざかるばあさんの小さな背が、六助にせき立てられながら弟の家に帰って行くときの姑《しゅうとめ》のうしろ姿に似ているせいかも知れなかった。不満を隠した、淋《さび》しそうな背に見えた。

「おはまさんも、これでほっとしたね」

と女房の一人が言った。

「まあね。片づいたからね」

とおはまは言った。自分の家へもどったんだから仕方ないさ。そう思おうとした。

留守の間にばあさんがいなくなって、六助はびっくりするかも知れないが、その六助に、ばあさんのうしろ姿が、姑のおくめに似ていたことは言えない、とおはまは思った。

ちきしょう！

一

その夜、おしゅんには一人も客がつかなかった。八郎兵衛屋敷にある妓楼《ぎろう》の明かりが、道に落ちている。明かりは、道をへだてた石置場にもかすかな光を投げかけ、そこにゴザを抱えて立っているおしゅんの姿を、ぼんやり照らし出していた。ほかに夜《よ》鷹《たか》の姿は見えなかった。

家にもどろうか、それとももう少し待ってみようかと、おしゅんは迷っていた。もっともおしゅんは、日が暮れるのを待って、いまいる場所に来たときから迷っていたのである。三つになる子供が病気で寝ていて、子供のことが、ずーっと頭から離れなかった。

一刻も早く子供のそばにもどらなきゃと思う一方で、せめて一人ぐらいは客をつかんでからにしようとも思っていた。それで迷っている。

最初は、ただの風邪だろうと思った子供の様子が尋常でないのに、おしゅんは気づいていた。寝こんでから五日になるが、いっこうに熱がさがる気色がない。同じ長屋にいる、やはり夜鷹のおたつに医者に連れて行った方がいいんじゃないかと言われている。

そう言われても、医者に行く金はおろか、薬を買う金もなかった。子供は真赤な顔をして、呼べば力なく眼をひらくものの、声も出せずに寝ている。金が欲しかった。おしゅんは、金が欲しくて喉《のど》が乾くような気持になっていた。

しかしこういう晩にかぎって、客の寄りが悪いものなのだ。仲間の女たちを見ていると、まるで手網で魚を掬《すく》うように、すばやく楽らくと男たちを暗やみにさらって行く。夜鷹で稼《かせ》ぐようになってから日が浅く、そのうえ少しぼんやりしているおしゅんは、いつもおくれをとって、眼の前で自分が声をかけた男を仲間にさらわれたりする。

商売仲間とはいえ、稼ぎとなれば、女同士の争いである。夜鷹でも買おうかという男は、顔なぞはついていればいいと思って、ぎらぎらした気分で寄って来るのだ。そういうときは、どちらが早く客の袖《そで》をつかむかの勝負だった。女たちはそういうことでつかみ合いの喧嘩《けんか》を演じたりする。

おしゅんには、とても喧嘩するような度胸はないが、それでも一晩立っていれば、二、三人の客はつく。声をかけるだけのひやかしも入れれば、四、五人は男が寄って来た。

だが今夜は、いつもより早目に家を出て来たのに、男たちは、まるでそういうおしゅんのあせりを見通して、わざわざ意地悪くしているように、一人も寄って来なかった。

もう少し、もう少しと思っているうちに、刻《とき》はどんどん過ぎて行った。その間にたっぷり商売を済ませた仲間たちは、いつの間にか姿を消し、妓楼のまわりをうろついていた男たちの姿もまばらになった。妓楼の窓から洩《も》れて来る灯のいろだけが冴《さ》えて来た。

季節は三月の半ば。花見の季節もおしまいにさしかかって、めっきりあたたかくなったが、夜になると、とっくに去ったはずの冬を思い出させるような、ひやりとしたものが夜気にまじって来る。

おしゅんは、ゴザを抱え直して小さく身ぶるいした。まだ迷っていた。友だちのおたつがいれば、その迷いにけりをつけてくれるだろうが、おたつはぐあいが悪くて、今夜は稼ぎを休んでいる。おしゅんはため息をついて、妓楼の方に眼を凝《こ》らした。

二

一年前まで、おしゅんはこんなふうに夜の町に立って、男の袖《そで》をひくことになるとは夢にも思わなかったのだ。

男らしくておしゅんにはやさしい亭主がいた。浅吉と言い、左官職だった。弥蔵という親方に使われていたが、ここ二、三年は親方にまかされて仕事場を切り回していて、もう少しすれば表に店を構えて一人立ち出来るところまで来ている職人だった。

おしゅんは、気っぷがよくて仕事が出来、女房にやさしい浅吉の羽根の下でぬくぬくと暮らしていた。女の子が生まれて、浅吉はその子供をかわいがった。

「色白でかわいい子だ。大人になったら、おしゅんに似た器量よしになるかな」

膝《ひざ》の上に抱えあげた子供の頬を、浅吉は指先でつついた。

「だがおまえのおっかあは、少しぼんやりだからな。そこまで似ることはねえぜ」

「どうせ、ぼんやりですよ、あたしは」

おしゅんは口をとがらせてそう言ったが、ほんとうは幸福感に心をくすぐられていたのである。

おしゅんは、親方の弥蔵の家で女中奉公をしているときに、浅吉に見そめられて一緒になった。小さいころに両親に死に別れ、ずっと他人の手で育ったのに、おしゅんには、人の顔色を読んで機敏に身体《からだ》を動かすという気働きが欠けていた。どこでもぐずだ、のろまだと罵《ののし》られた。

頭が悪いのだから仕方ない、とおしゅんは自分でそうあきらめていた。それだけに、いつその気になったのか、浅吉が親方を通じて嫁にと言って来たときの嬉《うれ》しさは、あとあとまで忘れなかった。

子供にそんなことを言っても、浅吉が自分をいとしんでくれていることを、おしゅんは、それだけは獣の敏感さでとらえていた。しあわせだと思った。自分ほどしあわせな女は、そんなに沢山はいないと思うほどだった。

いつまでもつづくものと、当然のように思いこんでいたそのしあわせが、無慈悲に断ち切られたのが一年ほど前である。

北本所《きたほんじょ》にある大きな寺で仕事をしていた浅吉が、足場から落ちて、血まみれの姿で家に担《かつ》ぎこまれたのであった。浅吉は弥蔵の家に奉公に出て十三のときから、壁塗りの足場にのぼっていて、高いところをこわがりもしなかったし、落ちたこともなかったのだが、その日は春先の突風が吹いていた。

浅吉はまだ年若い職人をかばって、一番高い足場で壁を塗っていたが、急に吹いて来た強風に薙《な》ぎはらわれたようになって、地面に落ちた。頭を打っていて、家まで運ばれて来たときには意識がなかった。

すぐに医者にかけたが、一度も眼をあくことがないままに、浅吉は二月《ふたつき》後に死んだ。

表店《おもてだな》に出るつもりでためておいた金も、おしゅんの着る物も、すべて医者の払いに消えて、浅吉が死んだときには家の中には辛うじて鍋釜《なべかま》と夜具が残っただけだった。葬式は親方が出してくれた。

おしゅんは、しばらくは昼はぼうぜんと子供を抱いて過ごし、夜子供を寝かせつけたあとは、浅吉を思い出して泣くような暮らしをつづけた。喰い物も、喰ったり喰わなかったりした。

そんなおしゅんを見かねて、隣のおいせ婆《ばあ》さんが、自分がやっているうちわや提灯《ちょうちん》張りの内職仕事をわけてくれた。おしゅんは、その仕事で、ほそぼそと喰いつないだが、気持はどうにか取り直したものの、もともと手先が器用なたちではない。仕事の量は、おいせ婆さんがもどかしがるほどしかすすまず、内職で入って来る金は、雀《すずめ》の涙といったものだった。相かわらず喰ったり喰わなかったりする暮らしがつづき、おしゅんも子供も瘦《や》せた。

内職で喰っていけないとみたおいせ婆さんが、妾《めかけ》の口を持って来たが、おしゅんはことわった。

そのころのある夜、ひと眼をしのぶようにしておたつがやって来た。夜鷹《よたか》に出てみないか、とおたつは言った。

「あんたにだけ打ち明けるんだけど、あたいはそれで喰ってんだよ。みんなには小料理屋の勤めに行くって言ってるけど、ほんとは親方の家で着換えてさ。商売して来るんだ。長屋のものは誰も知っちゃいない」

「…………」

おしゅんは、おそろしいものを見るようにおたつの笑顔を見つめた。おたつは太って血色がよく、頬などてらてら光っている。気性もさっぱりして明るく、とてもそんな商売で喰っている人間には見えなかった。

「いやなら、べつにさそわないよ。ただね、夜鷹なら、ゴザ持って立っていれば商売になるんだ。昼はたっぷり寝られるし、身体は存外楽だよ。手先が不器用だ、ぼんやりだなんて、ひとに言われることもないしね。ごめんよ、ほんとのことを言っちゃってさ」

「…………」

「あたいも五年前に亭主に別れてね。いえさ、死なれたんじゃない。ウチの亭主は女が出来て逃げちまったんだ。しばらくぼんやりしてたけど、あたいはもともと怠け者だから、外に働きに出るのも、家でこまごました内職をやるのも気がすすまなかったよ。そしたらさそうひとがいて、この道に入ったんだ」

「…………」

「そりゃ、たまには空っ風の中で商売をするような辛《つら》いこともあるけど、何の商売にもコツというもんがあってね。それをおぼえちまえば、何ていうことはない」

「でも……」

おしゅんは、口ごもってそばに眠っている子供を振りむいた。

「いまはそんな気になれないよ、おたつさん」

「そう」

おたつはじっとおしゅんの顔を見た。

「それならそれでいいんだよ。ただあんたを黙って見ちゃいられない気がしてね。ずいぶん瘦せたじゃないか」

「…………」

「死んだご亭主のことを忘れられないのは当然さ。いいご亭主だったもんね。だけど生きてるもんは生きてるもんで、ちゃんと暮らしの算段をつけなくちゃいけないよ」

「ありがとう」

「気が変ったら言っておくれ。親方のところに連れて行くから。親方なんて言ってもこわいひとじゃないよ。情があって、いいひとなんだから、ひとつも心配することはないよ」

帰るというおたつを、おしゅんは土間まで見送って出た。そのおしゅんに、おたつは土間から振りむいて笑いかけた。

「いま言ったことは、長屋のひとには内緒だよ」

行燈《あんどん》の下にもどると、おしゅんは膝の上の手を見つめて考えこんだ。

夜鷹というものを、むろんおしゅんは見たことがない。だが夜の道に立って、男に身体を売る商売だということは知っていた。自分には縁がない世界のひとたちのことだと思っていたが、なんのことはない。それは自分のような女がやる商売らしかった。そのことにおしゅんはおどろき、そのおどろきのために、胸の動悸《どうき》が速くなっていた。その中には小料理屋の女中で身ぎれいに暮らしている、と眺めて来たおたつが夜鷹だったおどろきも含まれていた。

――でも、あたしには出来そうもない。

いくら金になるからといっても、素姓も知れない行きずりの男たちに、身体をもてあそばれるなんて、我慢出来ることではない。おしゅんは身ぶるいしてそう思った。

――でも、あたしにはこれしかやりようがなかったんだねえ。

足もとが冷えて来たので、小さく足ぶみをしながら、おしゅんはおたつの家に行って、仲間に入れてくれと言ったときのことを思い出していた。

子供がいた。内職で喰えないからと言って、外に働きに出ることは出来なかった。しかし夜鷹で稼ぐつもりなら、夜の一刻《いっとき》だけ外に出ればいいのである。子供は、家を出る前に眠ってしまえば、そのまま寝かせておけばいいし、起きていて後を追うようなときは隣でもあずかってくれた。

おたつが働いている東両国の小料理屋に雇われたというおしゅんの話を、隣のおいせ婆さんが信じたかどうかはわからない。だがおいせ婆さんは快く子供をみてくれた。そして稼ぎの間だけ辛抱すれば、あとは一日中子供と一緒にいられる。そういう暮しに、おしゅんはだんだん馴《な》れて来ていた。

はじめは身ぶるいするほどいやだった男たちにも馴れた。中にははじめからしまいまで、顔をそむけ、息をつめて我慢するしかないような、身なりもおぞましく、乱暴な男がいないわけではない。だが馴れて来ると、夜鷹を買うような男たちは、眼の前にある妓楼《ぎろう》に上がる金を持たないだけで、束《つか》の間《ま》の身体の触れ合いの中にも、やはり女の情をもとめて来ていることがわかった。

男たちはゴザの上に横たわった女に、いっときの夢を描いて去って行く。そういう男たちを抱きながら、おしゅんも心ひそかに死んだ浅吉の面影を思い描くすべをおぼえた。

仕事はそんなに辛いとは思わなかった。でも長くつづける商売じゃないよ、小金をためたところで足を洗う気でいないと身体をこわすからね、とおたつは言ったが、おしゅんはなんとなく、自分がこのままずーっと夜鷹で暮らして行くような気もしている。

――見こみないわ。

今夜は、よくよくついてないのだ。暗い気持でおしゅんはようやく見切りをつけ、囲いの破れから石置場に入った。そして暗い石の陰にしゃがむと、尻《しり》をまくって小用を足した。我慢していた尿《にょう》が勢いよくほとばしり、その湯気で足もとがいくぶんあたたかくなった。

小用を終えると、おしゅんはそれでさっぱりとあきらめがついた気がして、身づくろいしながら道に出た。また子供の心配が真黒に心を塗りつぶして来た。いそいで歩き出そうとしたとき、妓楼の方から、黒い人影がひとつ近づいて来るのが見えた。

三

万次郎は酔っていた。だがその酔いは、身うちを駆けめぐる怒りのために、底の方に重たく沈みこんでいる。

「ちきしょうめ」

万次郎は、老舗《しにせ》で名が通っている家の若旦那《わかだんな》らしくもない、汚い罵《ののし》りを唾《つば》と一緒に地面に吐き捨てた。

万次郎の怒りの中には、頭の固い両親や、深川の妓楼《ぎろう》のおかみ、たったいまおこんなどという女はおりませんと、冷たい顔でしらを切った妓楼釜吉の亭主、許嫁《いいなずけ》のおてるの顔などが、ごったにつめこまれていて、それぞれに怒りをあおって来る。

万次郎は神田の通《とおり》油町《あぶらちょう》にある紙問屋の息子である。二十前後から吉原《よしわら》だ、深川の仲町だと遊びはじめたが、最後に深く馴染《なじ》んだのは、仲町の櫓下《やぐらした》裏手にある裾継《すそつ》ぎの女郎、おこんだった。

万次郎の両親は、息子の遊びをとがめるような野暮は言わず、女遊びで世間を知るのも修業のうち、などと鷹揚《おうよう》にかまえていたが、万次郎が吉原の女ならまだしも、岡場所の中でもいかがわしい噂《うわさ》がある、裾継ぎあたりの女郎と深く契《ちぎ》ったと聞いて、急にきびしい顔をみせはじめた。

小さいときから婚約が決まっていた、芝にある同業上総屋《かずさや》の娘、おてるとの祝言《しゅうげん》の日取りを決めたのが手はじめだった。祝言はこの秋と決っている。ついで万次郎の父親は、裾継ぎの女郎屋に手を回して、おこんをほかの店に鞍替《くらが》えさせてしまった。父親はそのときおこんにも会い、かなりの金を使ったようである。

そうしておいて、法事だ、祭りだ、花見だと何かに事よせておてるを家に呼び、万次郎と顔をあわせるように仕組んでいる。

今日も万次郎は、親に言われておてると一緒に上野の山に花見に行って来たのである。花は散りかかっていて、背が低いうえに小ぶとりのおてるを連れて歩きながら、万次郎は少しも面白くなかった。

早々に駕籠《かご》をやとっておてるを家に帰すと、自分は深川まで駕籠を走らせ、おこんがいた妓楼津の国屋で、夜まで飲んだのである。相方に呼んだ女とも寝る気にはなれず、時どき下の帳場に降りてはおこんが鞍替えした先を知らせろとからんだが、おかみは相手にしなかった。十のときからこの世界に入り、三十年あまりも色町の空気を吸って生きて来たおかみは、万次郎のからみなどにびくともしなかった。子供をあしらうようにいなした。おかみは万次郎の父親からたっぷり金をもらっていた。

「かわいそうに、若旦那」

と酒の相手をしていた女が言った。その女はおこんの朋輩《ほうばい》だった。

「そんなに思いつめてんなら、教えてあげようかな」

「おい」

万次郎は女の手をつかんだ。

「おまえ、あいつの行く先を知ってんのか」

「知ってるよ。だけど、ただじゃ教えられないな」

「金か」

万次郎は財布をつかみ出した。

「お金とこれ」

女は自分の口に指をあてた。

「あたしがしゃべったなんて知れたら、困るからね。教えてもいいけど、誰にも黙っててよ」

万次郎は津の国屋を出ると、駕籠をやとって一ッ目南の八郎兵衛屋敷に来た。おこんがいるのは釜吉だと聞いて来たのである。

万次郎は、おこんを出せと帳場で喚《わめ》くような野暮なことはしなかった。部屋に上がって適当に相方を決め、ひととおり飲んでから下に降りて、津の国屋から鞍替えして来た女がいるはずだが、と切り出した。

だが蛇のような眼をした亭主は、そんな女はいませんと言った。そばにいたおかみは万次郎を見向きもしなかった。万次郎がじれて大きな声を出すと、ご身分にかかわりますよ、若旦那と亭主は言った。万次郎の身分を知っている口ぶりだった。万次郎は、ここにも父親が手を回しているのを感じた。

「ちきしょうめ」

河岸の道に出て、もう一度妓楼を振りむきながら万次郎はふらふらと河岸の道を南に歩き出した。

家にもどる気はなく、深川までもどるつもりになっていた。仲町にもどって、二、三日は居つづけを決めてやろう。ちきしょうめ、どいつもこいつもおれをバカにしやがって。

万次郎がそう思ったとき、眼の前にすっと人影が立った。

「お、お」

万次郎はびっくりしてうしろにさがった。だが路上を照らす明かりで、相手の正体がわかると、一瞬の恐怖感は去って行った。

「なんだ、夜鷹《よたか》のねえさんかい」

「遊んでくれない？」

とおしゅんは言った。くわえていた手拭《てぬぐ》いの端をはなして、男に笑いかけた。

「おあいにくさまだね」

と万次郎は言いながら、うす明かりの中にぼんやり浮かんでいる女の顔を見た。少しトウが立っているが、二十一、二というところだろう。

夜鷹などというと三十年増《としま》はざらで、中には四十を越えたばあさんが、厚化粧で手拭いをくわえて立っていることがある。買ったことはないが、見て知っていた。そばに寄られただけでおぞ気をふるうような、そういうてあいにくらべると、目の前にいる女は若いし、素人《しろうと》くさい。いきなり袖《そで》をつかんだりもしないし、それに第一、おれがゴザの上で寝るような人間かどうかの見わけもつかないらしい、と万次郎は思った。

しかし、いくら感じがよくても、夜鷹と寝る気はなかった。

「遊んでやりたいが、あたしはたったいまそこで飲んで来たばかりでね」

そう言ったが、相手はその意味がわからないらしかった。すり寄って来て、今度は万次郎の袖をつかんだ。

「遊んでくれない？　ねえ、お願い」

「だからたったいま、女と寝て来たばかりだと言ったでしょ。それに第一……」

金がない、と言おうとして万次郎はごくりと唾を呑《の》みこんだ。

女が近ぢかと万次郎の顔を見上げていた。うすく化粧しているらしかったが、それにしてもきれいな女だった。どこかに人形の顔のように心もとない表情があるが、それがかえって、うす明かりの中の女を美しくみせている。

万次郎はもう一度唾を呑みこんだ。身体の中に、不意に欲情が動き、みるみる息苦しいほどふくらんで来るのを感じていた。上野に花見に行ったとき、池ノ端の出合い茶屋のそばを通ったが、おてるを中に連れこんだりはしなかった。だが心のどこかに、もう女房気取りでぴったり身体を寄せて歩いている娘を、いっそ茶屋に連れこんでなぐさんでやろうかという気持が動いたようである。

裾継ぎに行ったときも、相方の女があんなことを言い出さなかったら、あきらめていまごろは女と寝ていたかも知れなかった。目の前にいる夜鷹にはそう言ったが、釜吉では亭主とやり合って女と寝る間はなかった。

その満たされなかった欲情が、酔いと気持の底に沈んでいるやけくそな怒りに色づけされて、突然に噴き出して来たようだった。

万次郎は、女を頭の先から足もとまで、じっくりと見おろした。ほっそりした身体つきは、どこかおこんに似ていて、ずんぐりむっくりのおてるなどより数等食欲をそそる。

こんなことなら有り金をはたかずに、少し残しておくんだったな、と万次郎は後悔した。

「金を持っていないんだよ」

万次郎は残念そうに言った。まったく残念だった。

「財布がカラだ」

「ご冗談ばっかり」

「いや、ほんとだよ」

そう言ったとき、女が万次郎の手をつかんで来た。しめり気を帯びた骨細のやわらかい手だった。女が、金がないというのを本気にしていないのを感じた。どこかとろいところがある女のようでもある。

万次郎は、乾く唇をなめて、女の肩に手を回した。

「どこへ行けばいいんだね」

まだ身づくろいしている女を置いて、万次郎は囲いの破れから道に出た。女の身体はすばらしかったが、欲望がさめてしまうと、急に文なしで女を抱いてしまったうしろめたさに、心がこわばった。酒もさめかけていた。

盗みを働いたような気分で、しのび足にその場所を離れようとしたとき、女がいそぎ足に道に出て来て、ちょっとと言った。

「おあしちょうだいな」

その声にうながされたように、万次郎はいきなり走り出した。女が叫び声をあげて追って来た。おあしちょうだいよう、あんた。女は泣きながら叫んでいた。万次郎は恐怖に、うしろから髪をつかまれるような気がした。息を切らせて走った。

女の声が聞こえなくなったのは、御舟蔵の前を半分ほど過ぎたころだった。あきらめたらしいと思ったが、万次郎は走るのをやめられなかった。

――みろ。巴屋《ともえや》の若旦那が、このざまだ。

落ちるところまで落ちたような、自虐《じぎゃく》の気分にさいなまれていたが、その気分には、うまく立ち回って、息子に傷をつけずに跡取りの座に押しこめようとしている父親に対して、ひそかに復讐《ふくしゅう》している快感が含まれていた。

おしゅんは腑《ふ》抜《ぬ》けしたような様子で、家にもどった。土間に入ると、明るい茶の間から、五、六人の人がいっせいにおしゅんを振りむいた。

「いまごろまで、どこをうろついていたんだね」

どこにいたか、一番よく知っているはずのおたつがそうどなった。そして茶の間から出て来ると、あらあらしくおしゅんを家の中にひっぱり上げた。

長屋のひとにまじっていた、小柄で瘦《や》せた老人が、おしゅんを見上げた。

「おっかさんかい」

小柄な老人は歯切れのいい口調でそう言った。そばに粗末な薬籠《やくろう》が置いてあるところをみると、その老人は医者らしかった。

「こんな病人を置いて外に出ちゃいけないな。かわいそうに、ちょっと手遅れだな」

「あたいがお医者を呼んで来たんだよ」

とおたつがささやいた。おしゅんは部屋に入ったところに坐《すわ》りこんだまま、黙って子供の顔を見た。赤い顔のまま、よわよわしく胸を喘《あえ》がせているのがみえた。

おしゅんは、病気の子供の顔のむこうに、金も払わずに逃げて行った男の顔を見つめていた。うす明かりの中で見た顔だが、面長で、鼻の左わきに目立つほどのほくろがあったのを、はっきりおぼえている。

「………」

「え、何て言った？」

とおたつが聞き返した。おしゅんはちきしょう、とつぶやいたのだが、それは誰の耳にもとどかなかったようだ。おしゅんは、のろのろと膝《ひざ》でいざって、子供のそばに寄った。

四

神田の通りを、万次郎はいくらか胸をそらし気味にして歩いていた。秋晴れの午後の日射《ひざ》しが、町並みにも、行きかうひとびとの上にも、すがすがしく降りそそいでいる。

両国の水茶屋に、おてるが待っているはずだった。今日はどこに連れて行こうかと万次郎は思い、その先のことを考えて、足がはずむのを押えるのに苦労している。

ひと月ほどあとに祝言《しゅうげん》をひかえているが、万次郎はもうちょくちょくおてると会っていた。出合い茶屋や小料理屋で、親に隠れて逢引《あいび》きするのは楽しかった。一度身体をあたえてしまうと、おてるも万次郎の誘いをこばまず、言うままに家を出て来る。

おこんに通いづめだったころは、興ざめした気持で眺めていた許嫁《いいなずけ》だったが、おこんをあきらめて、おてると身体のつながりが出来ると、素人《しろうと》娘の身体は新鮮で、万次郎はいまはおてるに夢中だった。おてるが思ったよりもおとなしく、言うことを聞くのにも満足している。おこんの記憶はだんだん遠くなり、近ごろはめったに思い出すこともなくなっていた。

万次郎は少し胸をそらせ、ときどき品のいい微笑をうかべて、通りすぎる町並みやひとに眼をくばりながら歩いて行く。

通りから米沢《よねざわ》町の方に曲ってしばらく歩いたとき、前から来た二人連れの女のうちの片方が、自分をみて棒立ちになったのに気づいたが、万次郎はその女にもやわらかい微笑をふりまいて通りすぎた。

見おぼえのない女だが、店の客だったかも知れないと思っていた。万次郎はこのごろ、夜遊びに出ることも少なくなり、昼は父親のかわりに神妙な顔で帳場に坐《すわ》ったりする。こちらでは顔をおぼえていなくとも、客の方でおぼえているということはよくあるのだ。

広小路に来ると、四方八方から押し寄せて来るように人が混《こ》んでいる。この混雑を抜け出して河岸に行くと、水茶屋がある。万次郎は、抱かれると紅貝のように赤らむ、おてるの耳たぶを思い出しながら、足をいそがせた。

そのときいきなりうしろからひとがぶつかって来て、万次郎はよろめいた。思わず膝《ひざ》をつきそうになって、振りむこうとしたとき、今度はひとが腰にしがみつき、つづいて首に鋭い痛みが走った。

恐怖に駆られて、万次郎は腰にしがみついている手をふりほどいた。首に手をやりながら振りむくと、かんざしを逆手《さかて》に持った女が立っていた。さっき道ですれ違った女だと気づいたが、やはり見おぼえのない女だった。

万次郎は女と首からはずした手のひらを等分に見た。手のひらは血で濡《ぬ》れていた。刺されたと思ったとたん、足がふるえてとまらなくなった。

「気ちがいだ」

つぶやいたとき、青白い顔をしたその女が一歩近づいて来た。身体がほっそりして、目鼻立ちのととのった女だったが、ひどく青ざめた顔をしている。

万次郎はふるえる足で、うしろにさがった。これまであちこちでかかわりあった女の顔が、めまぐるしい速さで万次郎の頭の中を通りすぎたが、眼の前にいる女にはまるで心あたりがなかった。

ようやく二人の様子に気づいたらしく、まわりに人が集まりはじめていた。万次郎は救いをもとめるようにあたりを見回したが、手を出そうとする者はいなかった。

女が表情の動かない顔で、またかんざしを持った手を振り上げて近づいて来た。そのときひとをかきわけて前に出て来たふとり気味の女が、無造作に女の手をつかんだ。

「おしゅんちゃん、あんた、何をやったんだね」

わッと叫んで、万次郎は逃げ出した。首の傷を押さえ、ひとを押しのけて水茶屋の方に走りながら万次郎はおしゅんなんて女は知らない、どこの気ちがい女だろうと思っていた。

驟^{はし}り雨^{あめ}

盗《ぬす》っ人《と》が一人、八幡《はちまん》さまをまつる小さな神社の軒下にひそんでいた。嘉吉という男である。

嘉吉は、昼は研ぎ屋をしている。砥石《といし》、やすりなど商売道具を納めた箱を担《にな》って、江戸の町々を庖丁《ほうちょう》、鎌《かま》、鋏《はさみ》などを研いで回る。鋸《のこぎり》の目立てを頼まれることもあり、やすりはそのときの用意だった。そうして回っている間に、これぞと眼をつけた家に、夜もう一度入り直すわけである。

しかしそうだからといって、嘉吉は研ぎ屋仕事を、かならずしも世間をあざむくためとか、盗みに入る家を物色するためにやっているとか考えているわけではない。それはそれで身をいれ、そちらの方が本職だと思っていた。

だが時おり悪い血にそそのかされるようにして、人の家にしのびこむ。そのときは心の底まで盗っ人になり切っている。騒がれれば人を刺しかねない気持になって、盗みを働く。そういうふうになってから数年たつが、まだ誰にも気づかれたことはなかった。

はげしい雨が降っている。地面にしぶきを上げる雨脚が、闇《やみ》の中にぼんやりと光るのを眺めながら嘉吉は雨がやむのを待っていた。

道をへだてた向う側に、黒い塀が立ちはだかっている。そこが、これからしのびこもうとしている大津屋という古手《ふるて》問屋《とんや》だった。上方から取りよせる品物をそろえて繁《はん》昌《じょう》している店である。

呼び入れられて、嘉吉が仕事をする場所は、大てい裏口である。そこで小半日も腰を据えて仕事をし、水を飲ませてもらったり、はばかりを借りたりして家の中に入りこんでいる間に、しのびこめる家か、そうでない家かは大体見当がついて来る。

見込みがありそうな家では、嘉吉は仕事をひきのばしたり、台所に入れてもらって弁当を使ったりして、入念に家の内外に眼を働かせる。

弁当を使いながら、女中と冗談口をききあうこともあった。嘉吉は三十二で、中肉中背。醜男《ぶおとこ》でも美男でもなく、いっこうに目立たない顔をしているが、話の間に嘉吉がひとり者だと知れると、急に口数が多くなる女中もいる。

奉公人のしつけひとつにも、しのびこめる家か、そうでない家かがあらわれている。盗っ人稼業《かぎょう》に年季が入ると、そういうことを見抜く眼も鋭くなった。

大津屋には、これまで二度呼びこまれた。そして三度目の今日、裏木戸から帰るときに嘉吉は、出口にある仕かけを残して来た。夕方裏木戸をしめるとき、かんぬきがうまくおりなかったはずである。きちんとした家なら、それから大工を呼んでも、そこを直すはずだが、大津屋はそうしないだろうと嘉吉はみていた。おそらくひと晩は間にあわせの直しですごすに違いない。

――だめだったら、塀を越えるだけさ。

嘉吉は眼を光らせてそう思った。あとは雨がやむのを待つだけだった。ここまで来たとき、突然降り出した雨は、そう長くつづかないだろうと嘉吉は思っていた。夜空のどこかに薄い明るみがある。

神社の軒先にいる嘉吉を、あやしんで見る者もいなかった。嘉吉がそこにとびこんだところ、あわただしく道を走り抜けて行った者が四、五人いたが、そのあとは人通りもなく、道は雨に打たれたまま刻《とき》が経っている。

不意に人声と足音がした。そしていきなり境内ともいえない狭い空地に、人が駆けこんで来たので嘉吉はあわてて軒下を横に回りこんで、身をひそめた。

「ああ、ああこんなに遅くなって、あたしどうしたらいいだろ」

そう言った声は、若い女だった。

「どうということはないよ。途中雨に遭って雨やどりして来ましたって言えば、おふくろは何にも言いやしないよ」

若い男の声が、そう答えた。なよなよしたやさしい物言いは、女客を扱うことが多い小間物屋とか呉服屋とかにいる男を想像させた。

「若旦那《わかだんな》が悪いんだから」

と女は極めつけるように言った。

「途中で落ち合うたって、今日はお茶でものんですぐ帰るだろうと思ったのに、やっぱりあそこへ連れて行くんだから」

「お前だって、黙ってついて来たじゃないか」

若旦那と呼ばれた男はやさしい声で言い、含み笑いをした。

「そりゃ誘われれば、女は弱いもの。あたしもう若旦那から離れられない」

不意に沈黙が落ちて、あたりが雨の音に満ちたのは、男と女がそこで抱き合ってでもいる気配だった。話の様子では、同じ店でいい仲になっている若旦那と奉公人が、それぞれ用で外に出たついでに、途中で落ち合ってよろしくやって来たということでもあるらしかった。嘉吉は胸の中で舌打ちした。

――ガキめら！　早く失《う》せやがれ。

腹の中で嘉吉が罵《ののし》ったとき、女が夢からさめたような声を出した。

「でも、あたしたちこんなことをしていて、これから先、いったいどうなるのかしら」

「心配することはないよ。あたしにまかせろって言ってあるだろ」

「きっとおかみさんにしてくれる？」

「もちろんだとも」

「うれしい」

そこで二人とも黙ってしまったのは、また抱き合うか、顔をくっつけるかしている
らしい。嘉吉はいらいらした。雨はいくぶん小降りになったようだった。

ねえ？ と女が甘ったるい声を出した。

「もしもの話だけど……」

「何だい」

「もしもよ、赤ん坊が出来たらどうするの？」

「赤んぼ？」男はぎょっとしたような声を出した。そして急に笑い出した。

「おどかすんじゃないよ、お前」

「あたし、おどかしてなんかいない」

女の声が、急にきっとなった。もともと気の強い女のようだった。

「ひょっとすると、そうかも知れないって言ってるの」

「…………」

「だってもう二月《ふたつき》も、アレがないもの」

「まさか」男はまた笑った。が、うつろな笑い声だった。

「お前、そうやってあたしの気持をためそうというんだね」

「そうじゃないってば」

女ははげしい口調で言った。

「ほんとに身ごもったかも知れないの」

「…………」

「どうする？」

「どうするたって、お前」

男は困惑したように言った。声音《こわね》からさっきまでのやさしさが消えている。

「もう少したってみなきゃわからないことじゃないか」

「もう少しして、もしほんとだったら、どうするの」

「…………」

「旦那さまやおかみさんに、ちゃんと話してくれる？」

「ああ」

男はおそろしく冷たい声で言った。

「そのときはそうするよりほか仕方ないでしょ」

「きっとね」

「…………」

「ちゃんと言ってくれなきゃ、あたしからおかみさんに言いますからね」

「わかった、わかった」

男はいそいで言っている。

「その話はまた後にしよう。こんなに濡《ぬ》れちまってんだから、先にお帰り。あたしはあとから行く」

「また会ってくれる？」

「ああ」

下駄《げた》の音が、石畳を踏んで、道に出て行った。しばらくして男がひとりごとを言った。

「冗談じゃありませんよ。そんなことが親父《おやじ》に知れたら、あたしゃ勘当ものだよ」

そして妙に気取った声で、伊勢屋徳三郎一生の不覚、こいつァちと、早まったかァ、と言ったのは芝居に凝《こ》っている男なのかも知れなかった。

それっきり物音が絶えたので、嘉吉がのぞくと、男の姿も見えなくなっていた。女のあとを追ってまだ降っている雨の中に飛び出して行ったらしかった。

嘉吉はほっとして、雨の様子をうかがった。小降りになった雨は、予想にたがわずそのままやんで行く気配だった。地面にしぶきを立てた勢いはとっくに失われて、まだ雨音はしているが、それもだんだんに弱まって来ている。

――やんだら、入るぞ。

と嘉吉は思った。忍び口は決めてある。台所横の裏口だ。そこからずいと台所に上がって廊下に出る。そこには女中部屋があるから、気をつけなきゃいけねえなと思った。女中は三人いて、一人は通いで夕刻には家に帰るが、あとの二人は住みこみだ。

嘉吉が独り者だと知ると、お茶をのめの、せんべいをつまめのと、いやになれなれしくすり寄って来るおきよという女中は、心配はない。めったなことでは目ざめそうもない図体《ずうたい》のでかい女だ。だがもう一人の、後家さんだという五十過ぎの婆《ばあ》さん女中は瘦《や》せっぽちだ。目ざといかも知れない。めったな音を立てちゃならねえ。

女中部屋の前を通り抜けると、じきに茶の間に出る。主人夫婦の寝部屋はその隣だと、おきよに聞いたが、夜はがら空きの茶の間に、一日の売り上げを納める金箱があるはずだ。はばかりを拝借、てなことを言って上がりこんだついでに、茶の間の方まで行って、旦那と番頭が金箱の前で何か話しこんでいるのを見た。そのとき仏壇の下の押入れが開いていてがらんどうだったから、金箱はあの中に入れてあるに違《ちげ》えねえ。大津屋は、その晩のうちに売り上げを土蔵に運びこむことはしねえ店だ。一度外で庖丁《ほうちょう》をとぎながら見たが……。

嘉吉のもの思いは、突然に中断された。小さな鳥居の前に、いつの間にか黒い影が二つ立って、ひそひそ話している。今度は二人とも男だった。

嘉吉はまた庇《ひさし》の下を伝って、横手に回った。そこで耳を澄ませた。だが男二人の話し声は低くて何も聞きとれず、しかも長い。嘉吉はいらいらした。野郎ども、なにをいつまでぐたぐた言ってやがる。腹の中で毒づいたとき、やっと一人が大きな声を出した。

「ここじゃ濡れる。ちょっとそこの軒下に入ろうじゃねえか」

軒下というのは、八幡さまのことだ。嘉吉は、またかとうんざりした。だがそう言った声音に、嘉吉の耳をそばだてさせるものがあった。

声に聞きおぼえがあったわけではない。声音から、ぞっとするほど陰気なひびきを聞きつけたのである。こいつは何者だ、と嘉吉は思った。

「おれは帰るよ」

と、もう一人が言った。その男も、とても堅気の腹の中から出たとは思えない、陰気に冷たい声を出した。

「話は済んだぜ、巳之《みの》」

「いいや、済んじゃいねえさ」

はじめの男がそう言って、含み笑いをした。しかしべつにうれしくて笑ったわけではないらしく、すぐに笑いにかぶせてつづけた。

「もらうものはきっちりもらう。それがおれのやり方だ。いくら兄貴だって、おれの取り分を猫ババしようてえのは黙っちゃいられねえ。話をつけてもらうぜ」

「わからねえ男だな、おめえも。今度のいかさまでは儲《もう》かっちゃいねえ。分け前をもらったやつは誰もいねえと言ってる」

「竹はそうは言わなかったぜ」

「竹がどう言ったか、おれが知るもんか。だがおれはビタ一文懐《ふところ》にしちゃいねえし、おめえの取り分もなかった。わかったか。話はこれで終りだ」

「兄貴がそうやって白を切るなら、おれはこの話を親分の前に持ち出すぜ」

「親分だと？」

「そうさ。多賀屋はいかさまにひっかかりましたと、親分に泣きついたそうだ。親分はウチの賭場《とば》にかぎって、そういうことがあるはずはございませんとつっぱねたらしいから、おれがじつはこういうことがありましたと白状したら……」

「やめろ」

兄貴と呼ばれた男が鋭く言った。

「よくよくの馬鹿《ばか》だ、おめえは。そんなことをして何になる」

「さあ、何になるかな」

巳之という男がうそぶいている。

「多賀屋があの晩いくら巻き上げられたかわかれば、おいらの取り分がどのぐらいになったかぐれえわかるだろうさ」

「やめろよ、巳之」

兄貴の声が無気味に沈んだ。

「そんなことをしたら、おれたちはただじゃ済まねえことになるぜ。おれはいい。だが、助蔵兄いが迷惑なさる」

「そうかい。それじゃ黙っててやるから、おいらの取り分をくれるんだな」

「おめえ、おれを脅《おど》すつもりか」

「さあ、どうかね」

巳之がせせら笑った。

「ネタは上がってんだぜ、兄貴。あんたはおいらの取り分を懐に入れてよ。櫓下《やぐらした》のおきみという女に使ったんだ」

「…………」

「おれはしつこいたちだからな。兄貴にかけ合うからには、それぐらいのことは探っているさ」

「ほう、えらいな」

と兄貴が言った。ふっとやさしい声に聞こえた。

「一人で調べたのかえ？」

「あたりめえだ。どうしても白を切って、金をくれねえというなら、女のことも親分にばらしてやろうと思ってよ。おれア、あんたが考えるほど、馬鹿じゃ……、あっ、なにをしやがる」

不意に黒い影が道の上に跳ねた。それを追って、もうひとつの影が、うしろから抱きつくように、前の影にぶつかって行った。その男の手に匕首《あいくち》とみえるものが、鋭く光ったのを嘉吉は見た。

ひと声、絶叫が闇《やみ》をきり裂いてひびき、二つの人影がひとつになって道の上に転んだ。すさまじい組み打ちになった。野獣が餌《えさ》を争うときのように、二人の男は絶えず低い怒号の声を吐きちらしながら、組み合ったままごろごろと道の上を転げ回った。

その上に、まだ小降りの雨が降っている。おそらく男たちは泥まみれになっているはずだったが、争うのをやめなかった。とことんまでいくつもりらしかった。

ついに一方が、一方の上に馬乗りになった。そして高くかざした匕首を、下になった男の上にはっしと打ちおろした。そのまま動きが静止した。刺された男が声を立てなかったのは、上の男が口をふさいだのかも知れなかった。

ようやく上になった男が立ち上がった。その男が吐く、荒あらしい息が嘉吉の耳にも聞こえた。男は荒い息を吐きながら、しばらく倒れている男を見おろしていたが、不意に身をひるがえすと、足ばやに闇の中に消えて行った。黒く横たわるものが地面に残されただけである。

二匹の野獣の争いを、嘉吉はそれまでひややかな眼でのぞいていたが、勝った男が立ち去ると、鳥居の下まで出て道を窺《うかが》った。

——くたばっちまったか。

うんざりしていた。やられた男に同情する気持はこれっぽっちもなかった。嘉吉の胸には怒りが動いている。ひとの稼業をじゃましやがって、と思った。

道の真中に死人を置いたまま、大津屋にしのびこむわけにはいかなかった。もう人通りはなさそうだが、油断は出来ない。嘉吉が前の家にしのびこんだあとに、もし誰かがここを通りかかって死骸《しがい》を見つけたりすれば、いくら夜でもあたり一帯は大さわぎになるだろう。そのうちには役人も来る。とても落ちついて泥棒仕事というわけにはいかない。

――裏に隠すか。

八幡《はちまん》さまの裏に、ひと握りほどの雑木林がくっついている。厄介だが、ひとまず死骸をそこまで引きずって隠すしかなさそうだった。とんだ骨折りだ。道に横たわっている死骸にむかって、呪《のろ》いの言葉を吐きちらしながら、嘉吉が道に足を踏み出しかけたとき、死骸がひと言うめいた。

――野郎、生きていやがった。

足をひいて、鳥居のうしろに身をひそめた嘉吉の眼の前で、倒れていた男がのろのろと身体を起こした。男は、何度か立ち上がりかけては腰を落としたが、ついに立ち上がると、ふらふらと歩き出した。いまにもつんのめりそうな、あぶなっかしい歩き方だったが、男は少しずつ道を遠ざかって行く。

――その調子だ。しっかりしろい。

嘉吉はうしろから声援を送った。べつに男を気遣ったわけではない。くたばるなら少しでも遠くへ行ってからにしろと思っただけである。盗みを働く晩の嘉吉は、冷酷非情、石のように情知らずの男になっている。

男の姿は、よろめきながら闇のむこうに消えた。ともあれ、これでじゃま者はいなくなったわけである。嘉吉はほっとして、また八幡さまの軒下にもどった。

雨はほとんどやんでいた。嘉吉は、もう一度用心深くあたりの気配を窺ったが、社前の杉が、身ぶるいして降り落とす雨滴の音のほかは、何の物音もしなかった。

時は四ツ半(午後十一時)。善良な人びとはみな眠りにつき、いよいよ盗《ぬす》っ人《と》の出番がやって来たようだった。

ひと息入れて取りかかるぞ。そう思って嘉吉がぐっと腹に力をこめたとき、道の左手にぽつりと灯影《ほかげ》が見えた。

——今ごろ、なんだ、なんだ。

嘉吉は、あわててまた社の横手に回った。灯影はじれったいほどゆっくり近づいて来る。実際に、嘉吉がじれて地だんだを踏みそうになったぐらい、灯の歩みは遅かった。重ねがさねのじゃま者の登場に、嘉吉はおそろしい形相になっている。ようやく近づいて来た提灯《ちょうちん》の灯りをにらみつけながら、嘉吉がとっとと失《う》せやがれと腹の中でどなったとき、その声が聞こえたかのように、提灯はぴたりと鳥居の前でとまった。のみならず、女の声が、こう言っている。

「おちえ、ここで少し休んで行こうか」

ひどく弱よわしい声だった。すると、芝居の子役のように澄んだ声が、おっかさん、まだ痛むかえ、と言った。

嘉吉が首をつき出してみると、二十半ばといった見当の女と、六つか七つとみえる女の子が、ひと休みすると決めたらしく、手をつないで境内に入ってくるところだった。嘉吉はじれて、泣きたくなった。

女は鼻筋の通った美人だったが、髪はみだれ、提灯の明りでもそれとわかるほど、血の気の失せた顔をしている。二人とも着ている物は粗末だった。

――なんだい、病人かね。

首をひっこめて、嘉吉はそう思った。母親の方のぐあいが悪いので、医者に薬をもらいに行くところでもあるらしい。子供が介添えについて来たのだ。

病人じゃしようがねえや。つごうがあるから行ってくれとも言えめえ、と嘉吉は思った。辛抱して二人が立ち去るのを待つ気になった。

「おっかさん、背中をさすってやろうか」

と女の子が言っている。どうやら二人は、扉の前の上がり口に腰をおろした様子だった。

「すまないねえ」

「おとっつぁんのところになど、行かなければよかったねえ」

と、女の子がこましゃくれた口ぶりで言った。

「おとっつぁんは怒るし、あのおねえちゃんは、上にあがっちゃいけないっていうし、さ」

「おっかさんだって、行きたくはなかったよ」

と、母親が言った。何かべつのことを考えているように、うつろで沈んだ声だった。

「でも、店賃《たなちん》がとどこおってねえ。大家さんに出て行ってくれって言われたしね。身体が元気なら、おっかさん何とでもするけど、ずうっと病気だからねえ。仕方なしにお金をもらいに行ったんだ」

「おとっつぁんは、どうして家に帰らないで、あの家にいるの？」

「さあ、どうしてだろうねえ」

母親の声には力がなかった。

「大方おっかさんより、あのおねえちゃんといる方がいいんだろ。お前という娘もいるのに、若い女にとち狂っちゃってまあ」

「もう帰って来ないの？」

「もう帰って来やしないねえ」

どんな野郎だ、と嘉吉は思った。女の亭主のことである。むらむらと怒りがこみ上げて来ていた。

耳に入って来たことだけで、この親子がいま置かれている境遇というものは、およそのみこめたようだった。病弱な女房と子供を捨てて、その男はどこかで、若い女といい気になって暮らしているのだ。残された親子は店賃の払いにも困って、大家に出て行けがしに言われている。そういう事情らしかった。

それで女房は、思い切って亭主をたずねて行ったが、剣もほろろに扱われてもどるところらしい。

——もったいねえことをしやがる。

嘉吉は怒りのために、思わずうなり声を立てそうになった。

おはるといった。それが嘉吉の女房の名前だった。そのころ嘉吉は鍛冶《かじ》の職人で、ばりばり働いていた。おはるは身ごもっていて、子供が生まれるのを待つばかりだった。ぜいたくは出来ないものの、親方には信用され、手当はきちんきちんと懐に入って来て、何の不足もない暮らしだった。

嘉吉は腕のいい職人だったので、いずれ親方からのれんをわけてもらい、ひとり立ちする約束も出来ていた。その場所はどのあたり、小僧を二人ほど雇って、と腹のふくれたおはるとその時の話をしているときはしあわせだった。

だが突風のような不幸が、嘉吉の家を襲った。死が腹の子もろとも、おはるを奪い去ったのである。はじめは軽い風邪だと思った病気が、身ごもって身体が弱っていたおはるを、みるみる衰弱させ高い熱が出て、あっという間の病死だった。

嘉吉は、それまであまり好きでもなかった酒をのむようになり、やがて深酒して仕事を休むようになった。親方の意見にも耳を傾けず、そのうちに気まずさがつのって鍛冶屋勤めをやめた。そのあとは日雇いをしたり、仕事がなければ家にごろごろしているような暮らしがつづいた。何をやっても張りあいがなかった。喰うだけのものを稼ぐ気持はあったが、それさえ面倒だと思うこともあった。

そのころのある日、嘉吉は町の通りすがりに、店の前に紅白の幔幕《まんまく》を張りめぐらした家を見た。何か大げさな祝い事があるらしく、いそがしく人が出入りし、家の中からはごった返す人の気配と、笑い声が通りまで聞こえて来た。嘉吉を、不意の怒りに駆りたてたのは、その家の中から聞こえて来る笑い声だったのだ。どっと大勢の人が笑い、またどっと笑い声が起こった。

——何をうれしそうに笑ってやがる。

と思った。自分でも理不尽だと思いながら、嘉吉は、胸の奥から噴きあげて来る暗い怒りを、押えることが出来なかった。それは強いて理屈づければ、世のしあわせなものに対する怒りといったものだったのである。

嘉吉の胸には、ついこの間まで手の中に握っていたしあわせが、見果てぬ夢のように、かすかに光って残っている。その思い出だけで、嘉吉は生きていた。

だが聞こえて来るしあわせそうな笑い声は、嘉吉のまぼろしのような物思いを無残に砕き、しあわせはとうの昔に失われて、いまは何も残っていないことを、あらためて思い出させるようだった。しあわせとはこういうものだ、と大勢の笑い声が告げていた。しあわせなやつらが、ふしあわせな人間を嘲笑《あざわら》っている、と嘉吉はその家から聞こえて来るどよめきを聞いた。

世の中には、しあわせもあり、不しあわせもあるとは考えなかった。いましあわせな者もいつまでもしあわせではなく、不しあわせな者にもいつかしあわせがめぐって来るかも知れないという考えは思いうかばなかった。しあわせな者に対する一途《いちず》な怨《うら》みが、笑い声にひき出されてどっと胸に溢《あふ》れた。

その夜嘉吉は、人が寝静まった町を、夜行の獣のように走って、昼笑いさざめいていた家にたどりつき、中にしのびこんで金を盗んだ。

「おちえ、腹すいただろ、ごめんよ」

「あたい、おなかすいてない」

「いいんだよ、すいたらすいたって言いな。おまえにあんまりいい子にされると、おっかさん悲しくなっちまうよ」

「そんなら、すいた」

「そうさ。もうこんな時刻だもの。家へ帰ったら、おすえさんにお米を借りて、おまんま炊《た》いたげるから、安心おし」

聞きながら、嘉吉は眼に涙をためた。二人の話し声が、ふっと死んだおはると子供が話しているように聞こえたのである。

――なんてえもったいねえことをしやがる。

と、また思った。こんないい女房子供がありながら、それで足りずに家を捨てるなんて、ゆるせねえぜいたくな野郎だ。

「そろそろ行こうか」

「だいじょうぶ？　歩ける？」

「だいじょうぶさ。でも、遠いとこまで来ちゃったねえ、おちえ。おまえ、さっきのようにおっかさんの手を握っておくれ」

二人が立ち上がった気配がした。嘉吉はそろそろと前に出て、社殿の角から二人をのぞいた。二人は、まるで虫が這《は》うように、のろのろと歩いている。母親の方が、かなり弱っている様子に見えた。

——ほんとにだいじょうぶかね。

嘉吉がそう思ったとき、はたして道に出たところで、母親が前にのめってがくっと地面に膝《ひざ》をついた。子供が泣き出した。

「そうら、言わねえこっちゃねえ」

大声をあげて、嘉吉は軒下から道にとび出した。

突然とび出した嘉吉を、母親はぎょっとしたように子供を胸に抱きこみながら見上げた。恐怖に眼をいっぱいに見ひらいているが、やはりちょいとしたいい女だった。

「怪しいもんじゃねえ」

嘉吉はいそいで言った。

「ちょいとそこで雨やどりしてたところに、おめさんたちが来たもんだから、つい出そびれちゃってよ。おどろかして済まなかった」

嘉吉は、女を助け起こした。子供が眼をまるくしているのをみると、そちらの頭もなでてやった。

「おいらは嘉吉といってよ。深川の元町で研ぎ屋をしてる者《もん》だ。まっとうに暮らしてる者だから、安心しな」

「…………」

「お前さんたち、どこまで帰りなさる」

「深川の富川町ですけど」

「なんだ、なんだ、それじゃご近所じゃねえか」

嘉吉は陽気に言った。

「送って行こう。ここから子供連れで帰るんじゃ、夜が明けちまうぜ」

「かまわないでくださいな」

と女が言った。まだいくらか嘉吉を疑《うたぐ》っているようだった。これか、と思って嘉吉はあわてて黒い布の頰かむりを取った。

「遠慮することはねえぜ、おかみさん」

「遠慮はしていません。そろそろ行きますから、どうぞお先してくださいな」

「そうかえ」

と言ったが、嘉吉は二人が歩き出すのを立って見ていた。親子は嘉吉を置いて歩き出したが、母親がまたよろめいて膝をついた。母親の手をひっぱりながら、子供が嘉吉を振り返った。

嘉吉は近づくと、膝をついたまま息をととのえている女の前にうずくまって、黙って背をむけた。わずかの間ためらう気配だったが、ついに女は精根つき果てたように、嘉吉の背に倒れこんで来た。

「悪いが話を聞きましたぜ」

三ツ目橋を渡りながら、嘉吉は言った。

「おいらはしがねえ研ぎ屋だが、よかったら、ちっとぐれえ力になりますぜ、おかみさん」

嘉吉がそう言うと、それまで背中の上でこわばっていた女の身体が、力を失ったように急にぐったり重くなった。女は何も言わなかったが、その重みに、嘉吉は満足して、軽く女の身体をゆすり上げた。

女を背負い、片手に子供の手を引いて、細ぼそとした提灯《ちょうちん》の明りをたよりに歩いていると、嘉吉は前にもそんなふうに、三人で夜道を歩いたことがあったような気がして来た。ついさっきまで、息を殺して大津屋にしのびこむつもりでいたなどとは、とても信じられなかった。雨はすっかりやんで、夜空に星が光りはじめていた。

人殺し

伊太蔵こそ、日《ひ》斜《なな》め長屋に棲《す》みついた正真正銘の疫病神《やくびょうがみ》だった。あらゆる揉《も》めごとが、この男から生まれた。

二年前に越して来たその日に、伊太蔵は、長屋の一人をつかまえると、ここで一番喧嘩《けんか》が強《つえ》えのは誰だい、と聞いた。

「そりゃア、源次だろう」

聞かれた男は、妙なことを聞くと思ったが、ためらわずにそう答えた。源次は大川を上下する荷足《にたり》舟の船頭で、毛むくじゃらの大男である。

ふだんは無口で、どうということもない人間だが、怒るとすさまじいバカ力を見せた。源次の一発の張り手で、女房が家の中から路地まで転げ出たことがあったし、源次の家に船頭たちが集まって、飲んだあげくの喧嘩沙汰《ざた》になったときの光景も、長屋の連中は忘れていない。

屈強な男三人を相手に、源次は一歩もひかずに殴り合い、血だらけになりながら、三人を地面にのしてしまった。これだけの喧嘩のもとが、酔った一人が源次の女房の臀《しり》をなでたという、ささいなものだったと聞いて、長屋の者はあきれたが、それはともかく源次の膂力《りよりよく》が並はずれているのは、疑い得ないことだった。

長屋の男にそう聞くと、伊太蔵は薄笑いをうかべてそいつはいまいるかい、と言った。そして源次の家を確かめると、その足でその家に入って行った。

伊太蔵を呑《の》みこんだまま、源次の家はしばらくひっそりしていた。しかし間もなく中の話し声は外に洩《も》れるほど高くなり、ついには家の前に長屋中の人間をあつめるほどの、不穏などなり合いの声になった。

そして戸がふっ飛ぶと同時に、組み合った男二人が、家の中から路地に転げ出た。このときの伊太蔵と源次の喧嘩ほど、おぞましくも荒っぽい喧嘩を、長屋の者はこれまで見たことがなかった。二人は口から唾《つば》と泡《あわ》を吐きちらし、獣のような唸《うな》り声をあげながら、殴り合い組み合った。

長屋の者は、伊太蔵の身体《からだ》が何度か地面に叩《たた》きつけられるのを見た。それは当然だったが、彼らは信じられない光景も見た。熊《くま》のように毛むくじゃらな源次の身体も、何度となく空に舞って、路地の土にめりこむほどの勢いで地面に落ちるのである。二人とも着ている物は破れて、ほとんど半裸になり、顔は柘榴《ざくろ》のように割れて、血だらけになった。

はじめは逃げまどいながらも、喧嘩の成行きを見ていた長屋の連中は、あまりの恐ろしさに、しまいにはみな家の中に逃げこんで、中から心張棒をかった。そして家の中の隙間《すきま》や窓から男二人の争いをのぞき見た。もう喧嘩はやめろと叫ぶ者もいなかった。外にいる獣じみた男二人が、ひょっとして家の中に転がりこんで来たりはしないかと、肝もちぢむ思いで、いつ果てるともない殴り合いを見つめているだけだった。外にいるのは、殴り合っている男二人と、家の前の地面に坐《すわ》りこんで、髪ふり乱して泣き叫んでいる源次の女房だけだった。

男たちは半刻《はんとき》(一時間)も殴り合っていた。しまいには男たちは、一度転ぶと立てなくなり、喘《あえ》ぎながら這《は》い寄って、腕だけで殴り合った。そしてようやく争いの終りが来た。

やっと膝《ひざ》で立った源次の前に、伊太蔵は自分も膝でいざり寄ると、握りあわせた両《りよう》拳《こぶし》に、最後の力をこめて打ちおろした。その一撃で、源次の身体はごろりと横倒しになり、そのままぴくりとも動かなくなったが、伊太蔵は立ち上がった。そして酒に酔った人間のように、おぼつかない足どりで左右に揺れながら、自分の家にもどって行った。

折から路地に斜めにさしこんだ秋の夕日が、地面にのびている源次の巨体と、長い影をひきずって家にもどる伊太蔵を照らし出して、勝者と敗者の姿をくっきりと浮き彫りにした。

腰が抜けて立てなくなった源次の女房が、地面を這って倒れている亭主に近づくのを見て、長屋の者はいそいで外にとび出すと、源次を家の中にかつぎこんだ。

「なんで、こんなひでえ喧嘩をしやがったんだい？」

長屋の者は、源次を手当てしながら口ぐちに女房にたずねた。当然だった。彼らはこの喧嘩には、深い仔細《しさい》があるに違いないと思ったのだ。

「前に知ってた男かね」

そう聞いたのも当然だったが、女房は首を振った。泣きじゃくりながら、ただあの男が突然に喧嘩を売って来た、と繰り返すだけだった。

それがほんとなら、と長屋の連中は口ぐちに言った。

「そいつは、とんでもねえ気違《きちが》えが入りこんだものだぜ」

「近づかねえこった。それがいちばんだ」

だがそう言ったとき、彼らは伊太蔵が何のために源次に喧嘩を売ったのか、まったくわかっていなかったのである。近づかなければ無難だと思っていた。

それが、そういうものでないらしいと気づくのに、そう手間はかからなかった。

伊太蔵は、自分の力を十分見せつけたあと、思うままのことをはじめた。顔を見て笑ったといっては、相手かまわず殴りつけた。子供たちがうるさいといっては、子供を殴り、井戸端で米をといでいた女房が、場所をゆずらなかったといっては、米を地面にばらまいた。女房は泣きながら米を拾った。

善作という病気の年寄のところに、別の町に住んでいる孫娘がたずねて来る。伊太蔵は、十六になるこの孫娘を家の中に引っぱりこんで犯した。それでもあきたりずに、伊太蔵は六助の女房を自分の家にひっぱりこんだ。

おずおずと文句を言いに行った六助は、伊太蔵の家の戸口に入るやいなや、張り倒された。もと居酒屋で酌婦をしていて、ちょっと渋皮のむけた六助の女房は、いまはどっちの女房かわからないようになって、あっちの家に行ったり、こっちの家に帰ったりしている。

むろん長屋の連中は、惣代《そうだい》をたてて大家の孫兵衛に訴えたが、気負いこんでやって来た孫兵衛は、伊太蔵に頭から水甕《みずがめ》の水をぶっかけられて逃げ帰った。

そういう横暴の限りをつくしながら、伊太蔵はきちんと仕事に通い家賃を払った。人を殴っても、怪我《けが》させるような殴り方はしなかった。狂暴で狡猾《こうかつ》だった。長屋から追い出すことも、その筋に訴えて出ることも出来なかった。

伊太蔵は二十八。小名木川《おなぎがわ》の荷揚げ場に勤める人足で、五尺六寸を越す身体は、ひとつまみの贅肉《ぜいにく》もなく、あかがねで彫ったような筋肉で固まっている。やせた頬と、見る者が眼をそむけるような、凶暴な光を宿す細い眼。いつも皮肉に笑っているような、薄い唇を持つその男と、なるべくまともに顔をあわせないように、長屋の者たちはうつむき加減に暮らしている。子供たちもおびえ、もはや元気よく路地を走り回ることも、大きな声を立てることもなくなった。

誰もが、伊太蔵がこの長屋から出て行ってくれればいいと願った。そして出て行く見込みがないと知ると、いっそ死んでくれないものかと思った。思うだけでなく、伊太蔵が留守の間、長屋の女房連中は、井戸端で口に泡を吹いてそう言い合った。

「あんな奴《やつ》は、雷にでも打たれて死んでくれればいいんだよ」

「そんなうまいぐあいにいくもんかね。それより、揚げ場人足というのはずいぶん高いところの板を、荷をかついで渡るって言うじゃないか。そんときに足をすべらせて川へ落っこちる。ついでに川の中の杭《くい》に頭をぶつけて死ぬというのはどうかね、あんた」

「お前さんがそう思うだけだろ、ばかばかしい。あの顔が、足踏みはずして川へ落っこちる、ドジな顔かよ」

これほど伊太蔵を恐れ、忌《い》み嫌いながら、長屋の住人たちが、誰一人よそへ引っ越そうとしないのは、それでも離れたくないほどこの長屋が気にいっているというわけではない。ひとえに家賃が格安だったからである。

長屋の南隣は、大きな寺で、その寺の裏塀にぴったりとくっついて、長屋が建っている。そのために、寺の境内の広大な杉の森に日をさえぎられて、建物は年中日陰になっていた。

夏の一時期だけ、長屋の建物は人なみに頭からさんさんと日を浴びて、一年の虫干しをする。しかしその短い時期が過ぎると、日はまた杉の森にかくれて、わずかに朝と日暮れの一刻だけ、ほんのお情けの程度に、斜めに長屋に射《さ》しこむばかりになる。侮《あなど》って、人が日斜め長屋と呼ぶのももっともだと長屋の住人たち自身が認めていた。

そのかわりに家賃が安かった。並みの長屋の家賃の半額に近いのは、あたり前の家賃では誰も住みつかなかったから、大家が家持ちと相談して下げたのである。すると今度は、入って来た者は穴にはまったように動かなくなった。

伊太蔵という乱暴者が来て、それまでは貧しかろうと日陰だろうと、気にせずに陽気に暮らしていた日斜め長屋の住人たちは、ばったりと陰気くさくなったが、それでもよそに引越して行こうという者はいなかった。

伊太蔵との喧嘩に負けて、男を下げた源次も、女房を半分取られた六助も、引越す気配はなかった。

　人びとは、伊太蔵が二年前のあの日、前触れもなく突然やって来たように、そのうち何かの加減でまた突然に消えてくれないものかと、甲斐《かい》ないのぞみを抱いて暮らしていた。

　こういう一部始終を、おれは長屋の隅から残らず眺めて来た。

　しかしおれは、お澄という名前の善作じいさんの孫娘が伊太蔵にやられたときだけ、いくらか胸苦しいような気分になったぐらいで、あとは伊太蔵などという男のことはおれにはかかわりのないことだと思って来た。

　長屋の連中も、お前にもかかわりがある、などと言う者はいなかった。おれはまだ十九で、五年勤めた錺職《かざりしょく》の奉公先をしくじってからは、あちこちの錺職を手伝い働きで渡っている半ぱ職人に過ぎない。

　手足も細く、つい二、三年前までは、よく女の子のような顔立ちをしていると言われた。おれの家は木戸を入ったすぐのところ、長屋の一番はずれにあって、おれはそこから、ひっそりと仕事に出かけ、また仕事を終えてひっそりともどって来る。

　母親が生きていた二年前までは、おれの家にも長屋の女房たちが出入りしていたが、母親が急病で死ぬと、そのあとは誰もよりつかなくなった。たまにおれの姿に眼をとめた女房の誰かが、「おや、繁ちゃん。あんたこのごろ少し背がのびたじゃないか」などというぐらいのものだった。まだ、おれを子供だと思っていた。おれの名は繁太というのだ。

伊太蔵も、おれを子供だと思っているかも知れなかった。二、三度井戸端とか、木戸口とかで顔をあわせたことがあるが、伊太蔵は、おや、こんなやつが長屋にいたかという顔で薄笑いしておれを見ただけだった。おれを歯牙《しが》にもかけていない様子だった。

それも当然で、木戸で会ったときは、おれは身体をひいて伊太蔵を先に通した。井戸端で会ったときは、おれは伊太蔵が顔を洗い、丹念に手足を洗う間、少し離れた場所で辛抱づよく待ったのだ。だから長屋の男たちは、大ていは伊太蔵に二つ、三つ殴られていたが、おれは一度も殴られたことはなかった。

それは伊太蔵が、おれをまだ一人前の男と認めていない証拠かも知れなかったが、あいつにしてもあいつとおれの間に何かのかかわりがあるとは思わなかったのだろう。おれは長屋の中で、伊太蔵とはもっともひっかかりの薄い人間だった。

暑い夏が過ぎて、町に秋風が吹きはじめたころ、おれは東両国の、店がならんでいる一角で、お澄を見かけた。お澄は青物屋の前で、大根をえらんでいた。

お澄がいるな、と思っただけで、おれはそのうしろを通り抜けようとした。お澄はしょっちゅう長屋に来ていたので、顔は知っている。だが話したことはなかった。立ちどまって声をかけるほどの知り合いではなかった。

だが、不意にそのまま通り抜けにくいような気持がおれをつかんだ。おれをそういう気分にしたのは、大根をえらんでいるお澄の横顔にうかんでいた、愁《うれ》いのような色だったかも知れない。あるいは前かがみになったために、あらわに目立った腰のふくらみだったかも知れない。お澄は、急に大人っぽくなったようで、いっときおれは眼を吸いつけられたのだ。

あるいはそうではなく、おれの足をひきとめたのは、おれはそうと気づかないでいた、お澄に対するあるうしろめたい気持だったかも知れない。

お澄が伊太蔵につかまって、おもちゃにされていたとき、おれは遠巻きに伊太蔵の家を見つめている長屋の連中のうしろにいた。ほかの連中と同じように何の手出しも出来ず、魂も凍るようなお澄の叫びと泣き声を聞いていたのだ。そのとき感じた、胸苦しいような気持が、おれと伊太蔵との間にあった、たったひとつのひっかかりといえば言えた。

もっともそんな気持は、お澄が長屋に姿を見せなくなると、すぐに消えた。消えたはずだが、どこかに残っていたのかも知れない。おれは足をとめた。

おれが名を呼ぶと、お澄は振りむいておれを見た。

「あら、繁太さん」

お澄はおれの名を知っていた。大根を二本抱えたまま、じっとおれを見つめた。日暮れどきのせいかも知れないが、暗い眼に見えた。

おれはその暗い眼に胸を衝《つ》かれた。お澄は陽気な娘だったのだ。それで長屋のみんなからかわいがられていた。それなのにあの日、伊太蔵にもてあそばれるお澄を、長屋のものは、誰一人助けようとしなかったのである。おれもその一人だ。

「大根、買っちまいなよ。いつまで抱えてないで」

とおれは言った。それでお澄は少し赤くなって、金を払って一本だけ胸に大根を抱くと、店先を離れた。その様子を眺めながら、おれは、お澄はやっぱり前より大人びたと思った。あんなことがある前よりも。かわいそうに、無理に大人にされたのだ。

なんとなく肩をならべて歩くことになったが、おれは何を話していいかわからなかった。やっと思いついたことを口に出した。

「家は、この近くかい？」

お澄の家が一ツ目橋の近くだということは聞いていた。母親が善作じいさんの娘だった。

「ええ」

お澄は、うつむいていた顔をあげて、ちらとおれを見た。

「家まで送って行こうか」

とおれは言った。もっとほかに言いたいことがある気がしたが、それが何なのかわからないので、とりあえずそう言ったのだ。

お澄は黙っているので、おれが送って行くのを、喜んでいるのか、迷惑がっているのか、わからなかった。

——迷惑がっているかも知れないな。

それで黙っているのだ、とおれは思った。しかし、それでもあのまま黙って通りすぎるよりはよかった、という気がした。今日のお澄には、どこかおれをひきつけるものがあった。おれがいつもまぶしく眺める、一人前の女たちのようだった。

やっと、言いたかったことが頭にうかんで来た。

「だいじょうぶかい？」

とおれは言った。だしぬけな言い方のような気もしたが、お澄がその言葉の意味を取りちがえるはずはなかった。そしてお澄が、だいじょうぶよと言えば、おれの気持はすっきりと晴れるはずだったのだ。

だいじょうぶだということは、伊太蔵にやっつけられたことを、もう気にしていないということなのだ。だがお澄はそうは言わなかった。

「繁太さんになんか、会いたくなかった。もう、長屋の誰にも会いたくない」

しまいの方を半分泣き声でそう言い、お澄は片腕で大根を抱き、片手で袂《たもと》をつかみ上げて顔を覆《おお》うと、下駄《げた》を鳴らして走って行った。

おれは薄闇《うすやみ》がただよいはじめた路地に、ぼうぜんと突っ立って、お澄を見送った。そして、お澄が一軒の家に駆けこむのを眺めてから、来た道をもどった。

その夜おれは、ひさしぶりに暗い床の中で手を動かした。おれの頭の中に、大人びた表情をしたお澄の顔がうかんでいた。お澄の胸も見えた。ふっくらとやわらかそうな乳房が、ならんで光っていた。

おれが手を動かすと、乳房が揺れた。おれははち切れそうに膨らんだ。

おどろいたことに、おれはいつの間にか伊太蔵になっていた。伊太蔵になって、お澄を犯していた。痺《しび》れるほどこころよかった。二度手を動かし、おれは疲れて眠った。

眠りに落ちる間ぎわに、お澄とのことは、まだ終っていないな、と思った。

「用事てえのは、何だい、繁太」

と源次は言った。

おれがたずねて行ったのを驚いているように見えた。おれが源次の家をたずねたのは、子供の時は知らず、今夜がはじめてだった。

源次は一人で酒を飲んでいた。女房は台所に立って行って、何か片づけものをしている。話を持ち出すには、そのほうが都合よかった。

「おやじさん」

とおれは言った。源次はまだ三十五、六のはずだが、おれからみるとまるで父親ぐらいの年配に見える。おれは声をひそめた。

「あいつと、もう一度やってみる気はねえですかい」

「何のこったい、坊主《ぼうず》」

源次は不審そうな顔で、おれを見た。こう言っただけで、ぴんと来ないのかと、おれは源次の鈍さにあきれた。あの日の屈辱はさっぱりと忘れて、この男の頭の中に、もうかけらも残っていないというのか。

「伊太蔵のことだよ」

「伊太蔵？」

源次は、酒ににごった赤い眼をじっとおれに据えた。長い凝視だったが、源次の眼に光はもどって来なかった。うつむいて首を振った。それが源次の答えだった。

「この長屋で、あいつと四つに組めるのはおやじさんだけだぜ」

おれははげまし、このままあいつをいつまでものさばらしておいていいのか、とあおり立てた。だが源次は無言で、徳利を引きよせると酒をついだ。

──脈はないな。

とおれは思った。喧嘩《けんか》に負けたあと、源次は以前に輪をかけて無口になった。下うつむいて長屋を出、また下うつむいて長屋にもどって来る。長屋の誰とも口をきかなかった。女房とだって、口をきいているかどうか疑わしかった。前は長屋の名物だった、夫婦喧嘩の声もぷっつりと聞かれなくなった。

そういう源次を日ごろ見ている。やはり無理だなと思ったが、おれは今夜やって来たほんとうの用件を、秘密を打明ける口調でささやいた。

「おやじさんによ、やる気があるなら、おれが手伝うぜ」

「おめえが？」

「ああ、手伝うとも。二人がかりなら、何とかなるんじゃねえのかい」源次は言った。

源次が白い歯を出して笑った。玄人《くろうと》が素人《しろうと》を笑ったようにみえた。

「おめえはまだ子供だ。考えることもガキだ」

おれは黙って立ち上がった。いまに見ていろ、このクソ親爺《おやじ》め。喧嘩に負けて、ちんぼこも立たなくなった意気地なしめ、と思った。

源次の家を出て、自分の家へもどりかけると、六助の家の窓から灯が洩《も》れていた。破れた障子穴から中をのぞくと、六助が行燈《あんどん》の下で一人夜なべをしていた。戸を開けて、おれが土間に入ると、六助はぴくりと身体をふるわせて、こちらを振りむいた。

「伊太蔵でも来たと思ったかね、とっつぁん」

おれはむしゃくしゃしていたので、わざと厭味《いやみ》を言った。六助は糊《のり》のついた刷毛《はけ》を置いて、おれにむき直った。

「何か用かい、繁」

「通りかかったら、まだ灯が明るいからよ」

おれは上がり框《がまち》に腰かけて、じろじろと家の中を見てやった。

「おかみさんは、今夜は向う泊りですかね」

「………」

「大体とっつぁんが、若すぎるおかみさんを持ったのが間違いだったよなあ」

六助は四十だった。だが女房のおふじはまだ三十前だった。六助が、若い女房をかわいがる様子は見苦しいほどだったのだ。

六助は黙っておれを見つめていたが、やっと言葉を見つけたというふうに、声をふるわせて言った。

「おめえ、酔ってるのか？」

「酔っちゃいねえよ」

「だったら、よけいなことを言わずに、とっとと帰ってくれ。ガキが、生意気言うんじゃねえや」

「おれ、とっつぁんが気の毒だと言ってるんだぜ」

おれは穏やかに言った。

「かわいそうに、かみさんがほかの男に抱かれてるというのに、せっせと夜なべなんかしてよ」

「………」

「伊太蔵も伊太蔵なら、かみさんもかみさんさ。そうは思わねえか、とっつぁん」

六助は夜なべの経師道具を片づけはじめた。六助の頰を涙がつたい落ちるのが見えた。おれの言ったことが、気の小さい六助が、必死になって考えまいとしていることをあばき立てたのだ。

おれは履物を脱ぎ捨てて、茶の間に這《は》い上がった。そして六助にささやいた。

「くやしいだろうなあ、とっつぁん。おれにだって、それぐらいのことはわかるぜ」

「………」

「どうだね、そんなにくやしかったら、おれに手を貸さねえか」

六助は涙がたまった眼で、おれを見た。

「伊太蔵をやっつけるのさ」

「伊太蔵を？」

「そうさ。一人じゃ無理だろうが、二人で組めば、なんとかなるかも知れねえよ」

「とんでもねえよ」

六助は尻《しり》でいざって、おれから身体を離した。顔はおびえで引きつっていた。

「バカなことを考えるんじゃねえぜ、繁。そんなことがあいつの耳に入ってみろ。二人ともとても無事じゃすまねえ」

六助の家を出ながら、おれはどいつもこいつも意気地なしばかりだと思った。

おれは匕首《あいくち》を買って来た。だが決心はなかなかつかなかった。こいつを使って、もししくじったらこっちの命はねえなと思った。そう思うと骨の髄からふるえが来た。それでもおれは、毎晩匕首を抱いて寝た。

決心がつかないまま、おれはお澄に会いに行った。お澄の家は、この前お澄を送って来たからわかっている。小半刻も、そのあたりをうろうろし、しびれが切れたころに、お澄が家から出て来た。

おれを見て、お澄は一瞬胸を抱いて立ちすくんだが、前から人が来るのを見ると、急に取りすました顔になって歩き出した。少し間をおいて、おれもうしろからついて行った。

形よくふくらんだお澄の臀《しり》が、ぷりぷりと左右に揺れるのを眺めながら、おれは、やっぱりあいつをやっつけるしかねえなと思った。人にはやっていいことと、悪いことがあるということを、伊太蔵に思い知らせてやるのだ。

お澄は竪川《たてかわ》の河岸に出ると、足をゆるめておれを振りむいた。

「あたいに、何か用なの？」

お澄は、少し冷たい口調で言った。

「用てこともねえけど、どうしてるかと思ってよ」

「どうもしないわ」

お澄は投げやりに言った。

「あのことなら、もう考えたくないの」

「考えないでいられりゃ結構だよ」

おれは落ちついてしゃべった。少し大人っぽい気持になっていた。

「忘れられそうかい」

「忘れられるもんですか」

お澄はおれを咎《とが》めるように鋭く言った。

「あんなことがあって、あたい、もうお嫁に行けなくなったのよ」

「親に話したのかい？」

お澄は首を振ってうなだれた。おれはお澄のすぐそばまで近づくと、わけ知りの大人のような口をきいた。

「誰にも黙ってるんだな。話さなきゃわかりゃしないよ。そして、少し離れた町に、嫁に行くんだよ」

「そんなことが出来るもんですか」

「どうして？」

「いつか、わかっちゃうわ。あいつがいるかぎり」

「おい、こいつを見なよ」

とおれは言った。道に背をむけ、川にむかって懐《ふところ》を開いた。その時に、心が決まったようだった。

「なあに？」

「いいから、中をのぞいて見なって」

お澄は寄りそって来て、おれの懐をのぞいた。腹巻にはさんだ匕首を見たはずだ。お澄はぎょっとしたように、おれから身体を離した。

「それ、何のつもり？」

「あいつをやっつけるのさ」

「あたいのためなの？」

お澄の声はふるえていた。おれは声を立てずに笑った。

「みんなのためさ。おれのためかも知れねえ」

「あぶないことはよしてよ」

とお澄は言った。だが、おれはもう歩き出していた。かっこよく、後もふりむかずに。秋でなければ見られないような赤くて大きい夕日が、竪川の水を染めていた。
「ねえ、あぶないことをしないで」
うしろからお澄が叫んだ。
「あたいなら、もうあんなこと、何とも思ってないんだから。ほんとよ」
だがおれの決心は変らなかった。おれは肩をそびやかして河岸の道を歩いた。また
お澄の声が聞こえたが、おれは振りかえらなかった。おめえのためじゃねえよ、とお
れは心の中でつぶやいた。こいつは男と男の争いというやつだ。おれはもう、あいつ
が我慢ならねえのさ。

朝、井戸のそばに伊太蔵が一人でいるのを確かめてから、おれは外に出て行った。

伊太蔵は、犬が水浴びするように、あたりに水をまき散らしながら、顔を洗ってい
た。顔を洗いおわると、鉄板のような胸を出して、そこも手拭《てぬぐ》いでぬぐった。

そこまで見て、おれはそばに行った。

「どいてくんねえかな」

「なに？」

伊太蔵はびっくりしたようだった。

「なんて言ったい、若《わけ》えの」

「どけって言ったんだよ」

伊太蔵は、馬がいななくような声で笑った。伊太蔵は、この長屋に来てはじめて、まともに自分に突っかかって来た男を見、その男がこれまで眼の端にも止めていなかったおれだったのを面白がっていた。

だが笑いやむと、伊太蔵の顔はいっぺんに険しくなった。じろりとおれを睨《にら》むと、すばやく水桶《みずおけ》に手をのばした。それが、やつのしくじりだった。

まともに殴られたら、おれの細っこい身体はふっ飛んでいたろう。だが、やつはおれに水をぶっかけようとした。殴りあうほどの相手ではないと、おれをみくびったわけだ。それがやつの命取りになった。伊太蔵が水桶に手をのばしたとき、おれはもう匕首を抜いていた。そして抱きつくように伊太蔵に身体をぶつけると、脇腹《わきばら》に匕首を突っこんだ。

よろめきながら、伊太蔵はおれの首をしめあげてきた。おれはたちまち息がつまった。首が折れるかと思った。おれは気が遠くなりそうなのをがまんしながら、二度、三度と匕首に抉《えぐ》りをくれた。

手が少しゆるみ、伊太蔵ははじめて物すごい叫び声をあげた。そしておれから手を放して逃げようとした。その背に抱きつきながら、おれはやつの腹に、もう一度匕首を突っこんだ。そしてもつれ合って、一緒に転んだ。

おれはすぐに立ち上がったが、伊太蔵は立てなかった。おれが立ち上がったあと、少し前に這ったただけで動かなくなった。地面に、ぶちまけたように血の色がひろがり、伊太蔵の脇腹から、どろりと腹わたがはみ出しているのが見えた。やつは死んだのだ。

おれはうしろを振りむいた。そこに長屋中の人間が、残らず集まっておれを見ていた。年寄りから赤ん坊まで、おれを見つめていた。みんながやりたくても出来なかったことをしてのけた満足で、おれの胸はふくらんだ。お澄が、さぞびっくりするだろうな。

まだ、こわばっている顔で、おれは無理に笑った。

「やったぜ」

と言った。喜びの声があがるはずだった。長屋中が、ひさしぶりに湧《わ》きかえるはずだった。だが歓声は起こらなかった。みんなおし黙っておれを見つめているだけだった。不吉なものでも眺めるような眼つきだった。

「どうしたんだい、みんな」

おれは不安になって叫んだ。

「みんなだって、こいつが死ねばいいと思ってたんじゃねえのかい」

だがおれがひと足前に出ると、長屋の連中はざわめいて後にさがった。中にはあからさまに、恐怖の声を立てた女房もいた。

思ったからって、なかなか人を殺せるもんじゃねえやな、と一人が言った。そうさ、伊太蔵だって人を殺しはしなかったぜ、ともう一人が言った。小声だったが、その声ははっきりおれの耳にとどいた。

おれはぼうぜんと立っていた。なぜみんなが喜ばないのか、まだわからなかった。

意気地なしのくせに、勝手なことを言うじゃねえか。

人垣の中から源次が出て来た。源次はまっすぐ歩いて来て、おれの手から無造作に匕首をひったくると、吐き捨てるように言った。

「ガキめ！　えれえことをしやがって」

源次の手があがって、おれの頰がばんと鳴った。頭の中に火花が散って、おれは眼がくらんだ。

朝焼け

一

二両の金は、あっけなく消えた。同時に、賭場《とば》に入る前まで、胸の中にふくらんでいたのぞみも消えた。

そのくやしさを紛らすように、新吉は盆からさがって、しばらくの間、つづいている勝負を見物したが、他人の勝負ごとを見ていても面白くはなかった。新吉は政蔵という中盆《なかぼん》の男に眼で挨拶《あいさつ》すると立ち上がって部屋を出ようとした。

すると部屋の出口で、うしろから肩を叩《たた》かれた。振りむくと、名は知らないが、顔見知りの賭場の人間が立っていた。身体《からだ》つきががっしりした、無口な三十男である。

新吉は顔色が変った。その様子をひややかな眼で見据えながら、男が言った。

「胴元が、あんたに話があると言ってる」

新吉はうなずいた。うなだれて足を返し、男のうしろにつづいた。二人は賭《か》けごとが行なわれている部屋を横切り、襖《ふすま》を開いて奥の部屋に入った。

すると手焙《てあぶ》りをひきつけて煙草《たばこ》を吸っていた男が顔を上げて、新吉を迎えた。三十半ばの、細身で女のように生っ白い顔をしたその男がこの賭場の胴元だった。西国のさる藩の江戸屋敷につとめる中間《ちゅうげん》で、銀助という名前だが、身なりは商家の若旦那《わかだんな》という恰好《かっこう》をしている。

「まあ坐《すわ》ってください」

新吉をみると銀助はおだやかに言った。そして灰吹きで火を落とすと、煙管《きせる》を下に置いてじっと新吉を見た。

新吉が坐ると、一緒にきた男は部屋を出て行った。

「お忘れじゃないと思うが、あんたには五両の貸しがある」

「忘れちゃいませんよ」

と新吉は言った。

「おぼえていなさるなら結構だが、しかしあれからかれこれ半年近くなるよ」

「………」

「あんたは素姓もわかっているし、お馴染《なじ》みさんだ。無理な催促はしたくないんだが、利子もたまってきているのでな。そろそろ……」

「利子？」

新吉は相手の言葉をさえぎった。顔から血の気がひいた。

「利子を取るんですかい」

「あたり前だろ。この節五両の金を利子もとらずに貸す人間がいるかね。甘ったれちゃ困るよ」

銀助の細い眼がきらりと光った。その眼に射竦《いすく》められたように、顔を伏せながら、新吉は聞いた。

「で？　元利あわせてどのくらいになってるんです？」

「七両とちょっとだな」

「…………」

「あたしは事を荒立てたくはないんだ。博奕《ばくち》たってあんた、あたしはただ、賭けごと好きの素人衆《しろうとしゅう》が場所がなくて困ってると聞いたから皆さんの楽しみのためにこっそりお膳立《ぜんだ》てしただけの話でね。賭場を興行してもうけようなどとはちっとも思っちゃいない。だから遊ぶ金を貸しても、きれいに元を返してくれれば少々の利子なんぞは、いただかなくとも結構と、いつも言ってるんだ」

「…………」

「だがそういうあたしを甘くみて、返す気があるのかないのかわからないということになると、容赦しないよ。利子一文もまけずに取り立てるよ」

「ちょっと待ってくれ」

新吉はあわてて言った。

「返す気は十分にありますよ。だから今夜だってやっと工面した金を握って、賭場に来たじゃないですか。うまく行けば借りも返せると思って、無理な勝負をしたもんで、おけらにされちゃったが」

「あんたのそういう考えが甘いんだよ」

と銀助は嘲《あざけ》るように言った。

「借金返しと賭場の楽しみをごっちゃにしちゃ、なかなか返せねえや。それはそれとしていい加減に埒《らち》あけてもらわないとね」

「…………」

「いつ返してくれるかね。期限を切ろうじゃないか」

「…………」

「ここは玄人《くろうと》はおことわりの賭場だ。だからあたしはお客の便宜をはかり、扱いも甘くしているつもりだが、ものには限度というものがあるからね。いつ返してくれるかね」

賭場になっている家は、小梅村にある一軒の寮(別荘)だった。もとは神田のある商人の持物だったが、店がつぶれて空家になったあとを、どう手を回したのか、銀助が借りていた。銀助は中間をしながら、藩屋敷の中で金貸しをはじめて金をためたと噂《うわさ》のある男で、空き寮ひとつを借りるほどの金も、ツテも持っているらしかった。

——しかし七両などという金を、どうして返す？

暗い軒下をはなれて、月に照らされた田舎道に出ながら、新吉は返済は十日後と期限を切られた賭場の借金のことを思った。返すあてはまったくなく、気持がどこまでも沈みこんで行くようだった。

子供のときから手先が器用だと言われ、最初の奉公先は錺《かざり》職人の家だった。だが新吉はひとところに長く辛抱出来ないたちだった。すぐに倦《あ》きた。転々と職をかわって、気づいたときには小間物の行商に落ちついていた。

雨が降れば休み、身体がだるいといっては仕事を怠ける。そういう商売が、結局は身に相応とみえて、小間物売りをはじめてから三年たつ。子供のころ父親に死に別れ五年前に母親も病死して、一人暮らしだった。誰に縛られることもない。そのかわり浮き草のように頼りない一人暮らしを、二十七の新吉は自分の性《しょう》に合っていると思っていた。

銀助の賭場に出入りするようになったのも気ままなひとり暮らしの間の、いっときの気晴らしにすぎない。金があれば行き、なければ行かない。熱くなって米、味噌《みそ》を買う暮らしの金までつぎ込むほど、賭けごとに狂っているつもりはなかった。

それが五両という大金を借りる羽目になったのは、そのころ両国の水茶屋にいたおきぬという女に惚《ほ》れたためである。十両の金があれば、一緒になれるという、女の言葉を信じた。その金を稼《かせ》ぎ出すために盆にむかったのだが、持って行った三両ほどの金は、たちまちむしり取られ、胴元に泣きついて借りた五両も、羽根が生えたように消え失《う》せた。

正直にそう打明けると、女のあしらいは手のひらを返したように冷たくなった。そしてそれから半月ほどすると、おきぬは水茶屋から姿を消した。

「男がいたんだよ、あんたよりさきにさ」

と、新吉が持って行く小間物の上客でもある、水茶屋のおかみが言った。

「あんたをだましにかかっているらしい、とうすうすわかったけど、なにしろあんたが夢中だったからね。黙って見てるしかなかったのさ」

女は消えて借金だけが残り、それはいま七両という金に膨れあがっているわけだった。銀助の言い分はおだやかなものだったが、十日と期限を切ったところに、容赦しないものが感じられた。

——もし、返せなかったら……。

新吉は小さく身ぶるいした。銀助や銀助に使われている男たちが本気になったら、ただでは済むまいという気がした。彼らが、ふだん牙《きば》を隠しているだけの狂暴な獣だということを、新吉も承知していた。

金を貸してくれそうなところも、思いうかばなかった。小間物問屋の主人、大家の親爺《おやじ》、長屋の誰かれの顔が頭をかすめたが、そのどれもが、金とは結びつかなかった。問屋の主人には、一応信用されている。いまの仕事が性に合っているとはいえ、仕事の上で人に信用されたのははじめてだった。五十近い、口数が少ない主人は、いまでは新吉が仕入れの金を半分しか工面出来なくとも、黙って決まった品物を卸してくれる。

だがその信用も、商売のほかの金を貸してもらえるほどのものではなかった。そのことは新吉にはよくわかっていた。自分のことは自分が一番よくわかる。

歩きながら、新吉は甲斐《かい》ない思いで知っている人間の顔をひとりひとり思いうかべ、力なく見送った。金を貸してくれそうな人間など、一人もいなかった。そして、最後に一人の女の顔が浮かんできた。

その女には、一年ほど前に会っていた。めったに会うことはなかったが、会えばいつも機嫌のいい顔を見せる女だった。新吉がその女にめったに会おうとしないのは、ひょっとしたら女がいつも機嫌よく迎えてくれるせいかも知れなかった。

七年ほど前、新吉はその女を裏切っている。裏切られて、女はかえってしあわせだったはずだ、と新吉はいまの自分の暮らしにてらしてそう思う。だがうしろめたい気持は残った。いつまでもしつこく残った。七年前のことを、女がいまどう考えているかはわからなかった。だが機嫌のいい女の顔の裏に、自分のあくどい裏切りが透けて見えた。

出来るなら、女に会いたくなかった。まして金のことで会いたくはなかった。それは女を裏切った男の、ささやかな見栄《みえ》のようなものだった。またはささやかな恐れのようなものでもあった。

一緒になろうと言い、その言葉を信じて身をまかせた女を、新吉は簡単に捨てている。そのことを新吉は忘れてはいない。だが、いま金を工面してくれそうな人間といえば、その女しかいなかった。

——明日、お品に会おう。

横川堀を西にわたった橋ぎわで、しばらくじっと考えこんだあと、新吉はやっと決心して歩き出した。気分は前よりもかえって重くなったようだった。

二

「あら、めずらしい」

とお品は言った。間口一間半ほどの狭い店先だが、瀬戸物屋だった。小さい店といっても、両側の壁にある作りつけの棚の上までぎっしり瀬戸物が並んでいるので、品数はけっこう豊富に見える。

お品はその奥に坐《すわ》っていた。土間に入った新吉を見て微笑した。やや丸顔だが、眼鼻立ちのはっきりした顔は、いつも若わかしくて新吉の眼には七年前とさほど変ったようには見えない。そういうことにも、新吉の胸は小さく疼《うず》く。

「今日はまたどうしたの？　から手で。商売じゃないの？」

お品の言葉で、新吉は一年前にたずねてきて、むりやりに白粉《おしろい》を売りつけたことを思い出した。その日は問屋に支払いがある日で、百文でも余分に、売り上げが欲しかったのだ。お品はたしか、いりもしない白粉を三つも買わされたはずだ。

じっさいお品の肌は、白粉などいらないのだ。そのことは新吉がよく知っている。

「それとも、商売変えしたのかい」

「皮肉を言うんじゃねえよ」

新吉は苦笑した。

「ちゃんと商売してるさ。今日はおめえに少し頼みがあって来たんだ」

「頼みってなんだろう？」

「これ、留守かい」

新吉は親指を出して、お品の顔の前に立てて見せた。少し卑屈な顔になった。お品の夫は本所元町で「瀬戸つね」と呼ばれる大きな瀬戸物屋の番頭で、のれんを分けてもらって花町に自分の店を持ってからも、通いで本店に勤めていた。

「いるのよ」

「そいつはまずいな」

新吉は顔をしかめた。

「内緒の頼みなんだが」

「べつにいいのよ。いるといっても、いま病気で奥に寝ているから、気をつかうことはないのよ」

「病気か。そいつはますますまずいかな」

新吉は浮き足だった。眼の前にいるのは、むかし身体の隅まで知った女だった。だが、いまはそれぞれの暮らしがある。そこのけじめをはっきりしておかないと、金は借りられない、と思っていた。亭主持ちのむかしの女に、物乞《ものご》いに来たわけではない。

「何の頼みか言ってごらんな」

「………」

「店先でまずかったら、上にあがったら」

新吉が考えこんでいると、お品はそう言った。新吉はあわてて手を振って、店に腰をおろした。

「いま、お茶をいれるから」

「いらねえ、いらねえ」

新吉はまた手を振った。

「気を遣わねえでくんな」

「そうお？」

「じつは……」

「お金がいるんじゃないの？」

先回りして、お品が言った。お品の笑っている眼にぶつかって、新吉は視線を落とした。

「お察しのとおりだ。少し金に困ってるもんだから。ほかに借りるあてもなくて来てみたんだが、どうかね」

「…………」

「しかし無理言いに来たわけじゃねえんだ。都合ついたらという話だが」

じっと新吉を見ていたお品が、ぽつりと言った。

「いくらいるの？」

「まあ、五両だな」

腋《わき》の下に汗をかいていた。

「どういうお金か、聞いていいかしら」

「…………」

「五両といえば大金よ。いくら新吉さんだって、わけも聞かずにはいというぐあいにはいかないわね」

「貸すのかい、貸さねえのかい」

「ほら、ほら。すぐにそう開きなおる」

お品は笑っていない眼で、じっと新吉を見た。お品の眼は少し悲しそうに見えた。

そのとき客が来たので、お品はすぐに土間へ降りて店先に立った。客は白髪の老婆《ろうば》で、近くの人間なのかお品と親しそうな口をきき、奥に腰かけている新吉の方を、時どき盗みみるように見た。

　愛想よく老婆を送り出すと、お品はすぐにもどってきて言った。

「新吉さんは、ほんとうに辛抱が足りないんだから」

「…………」

「わけを聞くからには、貸すつもりになってるのよ。それとも何にも聞かずに金だけ出せという話なのかい？」

「すまねえ」と新吉は言った。

「商売の仕入れの金だ」

「うそ！」

　とお品は言った。お品の眼は笑っていた。

「正直に言いなさいな。もっとせっぱつまった金でしょ？　でなかったら、あんたはあたしのとこに来るようなひとじゃないもの」

「博奕《ばくち》だ」

　と新吉は言った。むかしも、この女に問いつめられて、何かを白状したことがあったなという気がしていた。

「賭場《とば》に借金が出来た。返さねえとえらいことになる」

「そんなことだろうと思った。むかしとちっとも変っていない」

お品は溜息《ためいき》をついた。

「まだ、ひとり？」

「ひとりさ。こんな気楽なことはねえよ」

新吉は歯をむくようにして言った。捨てた女に、身の振り方まで心配してもらわなくてもいい、と思った。

「そんなことは、金を借りることにゃかかわりねえことだろ。それとも所帯持ってたら貸さねえとでも言うつもりかね？」

「バカお言いでないよ」

お品は新吉を軽くにらんだ。だが怒っているわけではなかった。眼がやはり笑っていた。

「ちょっと待って」

お品は奥に入って行った。新吉は所在なく足を組んだ。

——しまったな。

と思っていた。七両と言えばよかったのだ。なぜ五両と言ったのだろうと悔んでいた。七両だと言ってしまえば、賭場の借金はきれいに片づくのに、それが言えなかったのが不思議だった。やはり借金する身のひるみがあったかも知れなかった。それに五両と言ったとき、ちょっとした男の見栄《みえ》が働いたようでもある。ここに来たとき、見栄は捨てたはずだったのに。

奥から戻ってくるお品の足音を聞きながらいずれにしても、もう言い直しはきかないと新吉は思い、悔む気持を押し殺した。それに五両借りればあとは何とかなるような気もした。

「はい、五両」

お品は袱紗《ふくさ》にのせた金を見せ、新吉の眼の前で包んで渡した。新吉は自分でも卑屈だと思うほどのしぐさで、押し頂いて懐《ふところ》にしまった。喜びはなかった。

「ご亭主も承知だろうな」

「いいえ、内緒よ」

「そいつはいけねえぜ、おめえ」

「でも、言ったら貸すいわれはないと言うわよ」

新吉は一言もなかった。この家に金を借りに現われたこと自体が、世間を甘くみているると言われても仕方のないことなのだ。せっぱつまったという言いわけが、世間に通用するわけではない。

「心配しなくともいいのよ」

お品が慰めるように言った。二つ年下のお品は、時どき年上の女のような口をきくことがある。何もかものみこんでいるような口をきく。

新吉は、ふっとそれがいやになり、お品を捨てて、あどけなくそのかわり尻軽《しりがる》で実のない娘に乗りかえたのだ。だが、その娘とは半年で別れた。

「亭主は、病気でもう一年近くも寝こんでいるの。何も言うはずないわ」

「一年？　どうしたんだね」

新吉はびっくりしてお品を見た。お品は首を振って「労咳《ろうがい》」と言った。

「そいつは大変だな」

「もう、馴《な》れた」と言って、お品は微笑した。

「いまは仕入れから何から、店のことはすっかりあたしがやってるの。それにそのお金は店の金じゃないもの」

「………」

「夜なべに着物を縫ってためたおあしだから、亭主にかれこれ言われる筋合いはないのよ」

「すまねえ。必ず返すから、ひとまず借りるぜ」

立ち上がりながら、新吉は言った。お品は黙って新吉を見上げたまま、静かに微笑していた。

――ええ女だぜ。

お品の店を出て、横川の河岸通りにむかいながら、新吉は胸の中でつぶやいた。だがそう思う気持の中に、かすかに反発するものがひそんでいた。

お品とは、神田の村松町にある大きな経師屋に奉公したときに知り合った。お品はそこの女中だったが、立ち居も働きも目立つほどしっかりしていた。そして顔立ちも人目をひいたので、お品は職人たちの中でもてた。所帯持ちも、まだひとり身の若者も、お品には一様に好意を示した。

ひそかに言い寄る者もいたし、外から縁談が持ちこまれることもあった。そういうお品が、半ぱ職人にすぎない新吉と結ばれたのは不思議なようでもあるが、しっかり者のお品には、新吉の頼りない世渡りがみていられなかったかも知れない。

だが新吉が、お品との約束を反古《ほご》にして、尻軽女のおみつに乗りかえたのは、お品があまりに手落ちのない、しっかりした女だったからだとも言える。二人で会うようになってから、新吉は万事に手落ちのないお品が、だんだんに気持の重荷になってきたのだった。お品は新吉に身をまかせたが、そうしているときにも、子供が生まれないような工夫を考えているような女だった。所帯を持っても、子供がいては喰っていけないと言った。

お品を店の外に連れ出して、経師屋をやめると告げたときのことを新吉はいまでもおぼえている。

「これでおしまいということなの？」

お品は鈍感な女ではなかった。男が逃げようとしていることを、すぐにさとった表情でそう言った。

だが、十八のお品は少しも取り乱していなかった。うすれかけている日暮れの光が射《さ》している背戸口から、新吉に眼を移して、じっと見つめた。新吉の方がうなだれた。

「好いたひとが出来たのね？」

「まあ、そうだ」

新吉は重苦しい顔で白状した。お品は、考えこむように地面に眼を落としたが、すぐに顔をあげた。いくらか青白くなっている顔に、落ちついた微笑がうかんでいた。

「仕方ないわね。ほかのひとに気持が移っちゃったんだから、とめてもムダね」

「……………」

「そのひとを、かわいがってあげてね」

そう言うと、お品は足早にそこを離れて、店の横手の方に姿を消した。形のいいうしろ姿が、新吉の眼の中に残り、しばらく揺れた。手の中にあった大事なものを失った気がしたのは、そのときだった。取り残されて茫然《ぼうぜん》と立ちすくみながら、新吉はそのときになって、おみつという女に対する興味が、急にさめるのを感じたのだった。

新吉が、その後のお品を注意深く見まもり、小間物の行商をやるようになってからは、瀬戸物屋のおかみにおさまっているお品をたずねて行ったりしたのは、そのときの後悔が、胸の中に残っていたからだとも言える。だが、その後悔は、それほど切実なものではなかった。お品とよりをもどしたいと思うほどのものではなかった。新吉はただ、そのときの後悔が、お品と自分をいまもつないでいることを感じるだけである。

だが、会えばかすかな反発が残るのは奇妙だった。なにしろええ女さ、かなわねえよと、お品に借りた金を懐の中でたしかめながら、新吉は心の中でつぶやいた。

三

真直《まっすぐ》、賭場《とば》に行った。

十日と期限を切られたが、今日のうちに五両の金を返しておけば、あとの利息分はしばらく待ってもらえるだろう、と新吉は思っていた。そう思うと、今朝までどすぐろく胸の中にひろがっていた重い気分が晴れて、さっき感じたいっときの反発もうすれ、やはり頼みになる女だと、お品のことが有難く思えてくるのだった。

枯色が目立つ畑を抜けて、人家が数軒ずつかたまっている村に入り、新吉は村はずれの銀助が借りている寮に入った。

きれいに布を貼《は》りかえた盆のそばには、もう五、六人の人影がうずくまって、軽い遊びをはじめていた。まだ中盆の政蔵の姿も見えず、源次という若い壺振《つぼふ》りだけが、客を遊ばせている。

「今日はえらい早いじゃないか、新さん」

盆わきから顔をあげた三十前後の男が、声をかけてきた。北本所の表町にある木綿問屋の息子で、幸次郎という道楽者だった。

「今日は遊びじゃねえんだ」

新吉は言って、壺振りの源次に、胴元は来てるかいと聞いた。

「まだ来てねえなあ」

源次は愛想よく言って、壺の手をとめた。

「日ぐれまで、ちっと間があるからな。急ぎの用かい」

「いや、そうでもねえが」

新吉は口ごもった。

「じゃ、来るまで待たしてもらうか」

「それまで、ひと遊び、どうですかい」

源次は誘った。勝負が熱を帯びてくると、むっとおし黙って見事な壺さばきをみせる男だが、いまは指ならしという感じで、白い歯をみせた。

「いや、いい」

新吉は手を振った。

「今日は金を持ってねえんだ」

「へえ？　はなっからおけらか？」

源次が軽口を叩《たた》いたので、盆のまわりの人間が笑った。新吉も笑って盆の尻《しり》にあぐらをかくと、遊び半分につづいている勝負を見物した。

みんな小さな金を賭《か》けていた。梅屋という種物屋の隠居などは、百文きざみで賭けて楽しんでいる。見ているうちに、新吉は尻がむずむずしてきた。

——そのぐらいの金なら、あるな。

と思った。借りた金とはべつに、財布の中に二分近い金が入っているはずだった。

そのうち一分ぐらいの金なら、遊んでもどうということはない。運よくツキがあって、少しでもふえたら御《おん》の字というものだ。

「おれも入ろうか」

ついに新吉は言った。言ったときには、懐《ふところ》に手をさし入れていた。それを見て木綿問屋の若旦那《わかだんな》が笑った。

「根が好きだからなあ、あんたも。どうして金はねえなんて嘘《うそ》ついたんだい」

「いや、あんたらがいまやってるような、百文、二百文の遊びなら出来るさ」

言いながら、新吉は盆ににじり寄ると、数えた二百文を盆の上に積んだ。その様子を、にこにこ笑いながらみていた源次が、じゃ、振りますよと言った。

二百文が、いきなり倍になった。向かい側の隠居が押してよこした銭を、かき集めるように手もとに引き寄せながら、新吉は、今日はツイてるぜと思った。

じっさいツイていた。少しはとったりとられたりしたが、二分の元手が確実にふえて、一両近くになっていた。新吉は、いつの間にか頭が熱くなるほど、盆に熱中していた。こんなにツイたのは久しぶりだ、と思ったとき、中盆の政蔵の声がした。

「それではみなさんお揃《そろ》いのようだから、盆を開けましょうか」

新吉は、はっとして顔をあげた。いつの間にか、賭場の中は薄暗くなり、灯が持ち出されている。客は十人あまりにふえていた。

新吉は尻でいざって盆から離れると、政蔵に言った。

「中盆さん、胴元は来てますかね」

「まだのようだぜ」

政蔵はのんびりした声で答えた。

「どっかへ寄ってくると言ってたからね」

「どっかたって、お妾《めかけ》のとこで一杯やってから来るんだろうが」

種物屋の隠居が、ふにゃふにゃとわかりにくい声で言ったので、新しく盆わきについた客たちは笑い声を立てた。

すぐに勝負がはじまった。賭けているのはもう百文、二百文のはした金ではなく、隠居も木綿問屋の幸次郎も、二両、三両という金を積んでいる。源次はとっくに双肌《もろはだ》をぬいで、あざやかな手つきで壺を振っていた。

勝負がすすむにつれて、賭場だけが持つ熱気が盛り上がって行くのを、新吉は壁ぎわにしりぞいてぼんやり眺めた。

客たちは、勝ってほくそ笑んだり、とられて奇声を上げたり、楽しげに遊んでいた。新吉は眼をそらして頬を押えた。さっき勝ちつづけたほてりが、顔に残っていた。見てるだけじゃ、つまらねえやと思った。

——あと一両、ふやそうか。

不意にそう思った。それは新吉の胸の奥底から呼びかけてきた声のようだった。あと一両ふやせば借金はきれいに返せる。それだけじゃない。今夜のツキが本物なら、お品に借りた五両だって返せるかも知れない、と思った。

むかしとちっとも変っていない、と嘆くように言ったお品にも、少しはいいところを見せられるかも知れない。その思いつきは、新吉の胸を顫《ふる》わせた。だが、しくじれば、元も子もなくなるのだ。

新吉は、うなだれてじっと考えこんだ。長い間そうしてから、顔をあげると盆ににじり寄った。

「中盆さん、おれも入れてもらおうか」

「この嘘つきめ！」

勝負に酔ったように、てらてらと顔を光らせている幸次郎が、うれしそうに声をかけてきた。

「どっかに、金を隠していやがったな」

新吉は答えずに、眼の前に二両の金を積んだ。眼がつりあがるような気がした。中盆の政蔵が丁方半方の金を均《なら》しはじめた。

一刻後《いっとき》、新吉は有金をむしり取られて、ふらりと盆わきを離れた。残っているのは、財布の中の三百文足らずの小銭だけだった。立ち上がった新吉に声をかける者は誰もいなかった。誰もが、眼の前の勝負に熱中していて、他人をかまうどころでなくなっていた。

入口にむかおうとした新吉の前に、男が立ちふさがった。顔をあげると、胴元の銀助が立っていた。

「返す金はなくとも、遊ぶ金はあるというわけかね」

新吉は青ざめて立ちすくんだ。うなだれている新吉をじっと見すえながら、銀助は冷たく言った。

「ま、期限を忘れなきゃいいさ」

四

「紋作よ」銀助は襖《ふすま》ぎわに坐《すわ》っている賭場《とば》の男に、笑いかけた。

「このひとは小間物の行商でね。金のかわりに押えるものといったら、そんなものしかねえのだ。どうだい？」

「そいつを引き取ってきて、お前さん少し行商して回るかい」

「へ？」

「冗談じゃありませんぜ、胴元」

男はあわてたように言った。

「そうだろうなあ」

銀助は笑いをひっこめて、じろりと新吉を見た。

「さて、どうしたもんだろうね、お客さん」

新吉は声が出なかった。うつむいて身体を硬《かた》くしていた。

賭場で、お品に借りた金までむしり取られたあと、新吉は商売に出る気力もなく、茫然《ぼうぜん》と家に閉じこもって日をすごした。そして期限はあっという間に来た。

昨日新吉は、追い立てられるように金を借りて回った。長屋の知り合い、小間物問屋の主人、大家。そしてせっぱつまった気持に駆られて、賭場の顔見知りにまで顔を出した。

だが借りられたのはたったの二分。なにかわけがありそうだな、と言って、大家の徳兵衛がそれだけ貸してくれたばかりだった。信用されていると思った小間物問屋の主人は、うさんくさそうに首を振って相手にしなかったし、木綿問屋の幸次郎などは、顔を出すとあわてて新吉を店の外に連れ出して文句を言った。

「あそこに出入りしてるのは、親には内緒なんだから、店に来られちゃ困るんだよ」

新吉はむっとしたが、ひたすら下手に出て金のことを口に出してみたが無駄だった。

幸次郎は急におびえた顔になって、店の者を呼ぶ気配さえ見せた。ゆすりか何かと勘違いした様子だった。

今朝新吉は、起き上がってから飯も喰わないで考えつづけた。お品に会って、もう一度頼みこむことも考え、いっそ江戸を逃げ出そうかとも考えた。だが、お品にもう一度会うことは耐えられなかった。

——どのつら下げて、ということがあら。

きっぱりとそう思った。そこまで堕《お》ちた自分を見せては、何も言わずに金を貸してくれたお品にすまないという気がした。しかし江戸を逃げ出すこともこわかった。銀助は、新吉が挨拶《あいさつ》もなしに逃げたと知れば、人を使ってでも後を追わせるだろう。いつかはかならず居場所を突きとめられ、ひどい目にあわされるに決まっていた。結局何の考えもうかばず、日暮れになると、新吉は引き寄せられるように、賭場にやって来たのだった。

だが銀助は怒らなかった。さっきからなぶるような口調で、ちくちくと責めてはいるが、少くともまだ怒ってはいない。新吉は身体を硬くしたまま、銀助の次の言葉を待った。素裸で、刃物の前に立たされているような恐怖が、腹のあたりを冷たくしている。

「ほんとうに、何のあてもねえんだな」

「はい」

「女はいねえのかい」

銀助の声は、いくらかぞんざいになった。

「お前さん色男だから、貢《みつ》いでくれる女の一人や二人、いるんじゃねえのかい」

「とんでもございません」

新吉は腋《わき》の下に汗がにじむのを感じた。間違ってもお品の名を口走ったりしてはならない。

「いくじのねえ男だな。そう思わねえか、紋作」

「へい」

「期限は来たが、金はねえと。それでお前さん、今夜はどういうつもりでここへ来たんだい」

「とにかく、働いて月に一分でも返そうと」

「バカ言っちゃいけねえよ。月一分じゃ利子にもならねえや」銀助は一蹴《いっしゅう》した。

「おれア、そういうまだるっこしいのは嫌いなんだ」

「…………」

「金がねえから返せねえじゃ、済まされねえことはわかってるんだろうな」

「はい」

「期限だと念を押したのにから手で来たんだ、あんた」

銀助の声は、ねちっこいひびきを帯びはじめた。

「玄人《くろうと》なら、早速指一本はつめてもらうところだぜ」

「…………」

新吉は顫《ふる》えあがった。顔をあげて銀助を見た。その眼に、銀助の笑顔が映った。

「玄人ならと言ったんだ。こわがることはねえよ」

銀助は指で顎《あご》を搔《か》いて、思案する顔になった。

「お前さん、力はあるかい」

「いえ」

「そうだろうな。どう見てもやさ男だわな。だが人間、一心になりゃかなりのことが出来るもんだぜ」

「人を一人脅《おど》してみるかね。ちょっと気にいらねえ男がいるんだ。それが出来たら、借金は棒引きにしてやるがな」

「……………」

「脅しですか」

「そう。匕首《あいくち》は貸してやる。お前さんだって、すっ堅気というわけじゃねえやな。賭場の借金を踏み倒そうてえひとだ。そのぐらいの度胸はあるんじゃねえのかい」

五

小料理屋から出てきた男は、門口で送って出た女と別れると、一人になった。その後をつけながら新吉は緊張で口の中が乾《ひ》あがるのを感じた。

男の素姓はわかっている。二ツ目橋に近い常盤《ときわ》町三丁目で、泉屋という伽羅《きゃら》屋を開いている藤六という男だった。銀助は、相手は堅気だと言ったが、ただの商人にしては屈強な身体《からだ》つきの四十男だった。

藤六は、東両国から竪川《たてかわ》の河岸に出ると、河岸ぞいに東に歩いて行く。提灯《ちょうちん》もいらない月明りの道で、後をつけるのに苦労はなかった。ともすれば顫《ふる》えが来る足をなだめながら、新吉は四、五間あとをつけて行った。

脅しがうまくいけば、借金は帳消しになるのだ、とそればかり考えていた。藤六は新吉に気づいたとみえ、気になるらしく二、三度うしろを振りむいた。二人のほかに人影は見えなかった。町は暗く静まりかえり、川の上に月の光が砕けているだけだった。

二ツ目橋にかかったところで、新吉は決心して足をはやめ、藤六に追いついた。するとすばやく藤六がふりむいて、立ちどまった。

「お前さん、あたしに何か用かね」

むこうから声をかけてきた。新吉は、しばらく息をはずませて相手をにらんだが、ようやく言った。

「話がある」

「この、夜の夜中にですか」

相手は笑ったようだった。新吉はかっとのぼせ上がった。

「お鶴という女を知ってるだろう」

「ああ、知ってますよ」

「その女から手をひきな」

「どういうことです？」

「ちっと、おれとかかわりのある女だ」

銀助から教えられたせりふだった。だが相手はびくともしなかった。逆に新吉に近づいてきた。

「嘘《うそ》言っちゃいけませんよ、あんた」

肩幅のある身体が迫って来た。

「寄るな、あぶねえぞ」

と新吉は叫んだ。懐《ふところ》から匕首《あいくち》をつかみ出し、鞘《さや》を捨てると夢中で構えていた。そんなものはこわくありませんよ、と泉屋藤六は落ちついた声で言った。

「お鶴の男だなんて、それで嘘がバレましたな。あれはそんな女じゃない。あんた、何でしょ？　あの銀助とかいうならず者に頼まれて来たんでしょ？」

「寄るんじゃねえ。これが見えねえのか」

新吉は後じさりながら、悲鳴をあげるように言った。匕首の光を見ても動じない男が恐ろしかった。

「帰って銀助に言うんですな。いい加減にお鶴にまつわりつくのはやめなさい、と泉屋が言ったとな。あのかわいそうな女は、あの男のために、どれほど迷惑してるか知れやしないんだ」

「…………」

「悪党め！」

泉屋は、新吉が銀助本人であるかのように、立ちどまってじっと見据えた。そして不意に身軽に動くと、匕首を握っている新吉の腕をつかまえた。一瞬腕がしびれたほど、強い力だった。

「さあ、つかまえた」

泉屋藤六は喉《のど》の奥で笑った。

「ドジな脅し役だ。あんた、ちょっとそこの自身番まで行こう。夜中に刃物で脅しをかけるなんて、許せることじゃない」

足をふんばったまま、新吉は道を引きずられた。藤六という四十男は、すごい膂力《りょりょく》の持ち主だった。

――自身番に連れこまれたら、おしまいだ。

新吉はちらとそう思った。お品の顔、小間物問屋の主人の顔などが、一瞬の間に火花のように頭の中にちらついた。

新吉は、ひとつふんばると、思い切って男に身体をぶつけて行った。男は避けずに新吉の身体を組みとめた。揉《も》み合ったと思う間もなく、新吉はいやというほど地面に叩《たた》きつけられたが、倒れながら見上げた眼に、奇妙な光景が映った。

男がよろめいていた。男の横腹に深々と匕首が刺さっている。よろめきながら、男は匕首を引き抜いたが、そこでどっと地面に膝《ひざ》をついた。

見たのはそこまでだった。弾《は》ね起きると、新吉は夢中になって夜の町を走った。いまにも男の手に襟首《えりくび》をつかまれそうな恐怖を感じていた。

六

ほとほとと戸を叩いた。その間にも新吉は振りむいて、いま来た道を見ないでいられなかった。藤六か、藤六を見つけた自身番の男かが後を追って来そうなおびえに取り憑《つ》かれていた。

少し強く戸を叩いた。するとほとんど同時に、戸の内側からお品の声がした。

「どなた？」

「おれだ。新吉だ」

声を殺して、新吉は戸にむかってささやいた。そして戸が開くと、ころがりこむように店の中に入った。あわてたのでお品の身体にぶつかった。

「どうしたの？　そんなにあわてて」

「人に追われてる」

それを聞くと、お品はすばやく戸をしめて、内から錠をおろした。新吉はへたへたと土間にうずくまった。お品が、手を貸して助け起こした。

「助かったよ。おめえがまだ起きていて」

新吉は、しんからそう思って言った。河岸から一たんは住んでいる横網町の方にむかいかけたのだが、恐怖に駆られて足を返した。気づくとお品の家の前まで来ていたのである。落ちついているお品が頼もしかった。

「お上がりなさいな」

「構わねえのかい」

上がり口で、新吉はためらった。

「寝てるご亭主に悪かねえか」

「いいのよ、あんたがそんな心配してくれなくとも」

お品は新吉を茶の間に上げて、お茶を出した。熱いお茶をのみ、火鉢の火にあたると、新吉はようやく人心地がついて部屋の中を見回した。

お品は縫物をしていたらしく、行燈《あんどん》のそばに縫いかけの男物の袷《あわせ》が片寄せてある。

それを見て、新吉はバツ悪く眼を伏せた。こうしてお品が寝もやらず働いて得た金を、賭場《とば》のほんの一刻の昂《たかぶ》りの中で、あっという間に失ってしまったことが悔まれた。

「一体どうしたって言うの？」

長火鉢のむこうから、お品が顔をのぞきこむようにした。その声で、新吉は現実に引きもどされた。乾く唇をなめて言った。

「喧嘩《けんか》だ。人を刺しちまったよ」

「その人、死んだの？」

お品は眉《まゆ》をひそめた。

「さあ、わからねえ。倒れるのは見たんだ。あとはすぐに逃げたからわからねえ」

「どうして刃物なんか持ってたのよ」

新吉は答えられなかった。黙ってうつむいた。

「それで、長屋へもどれなくなってここへ来たのね」

「そうだ」

「じゃ、今夜はここに泊りなさいな。明日になったら、あたしが確かめてあげるから」

「だめだ。明日の朝早く、おれは江戸を出る」

「どうして？」

お品は驚いたように新吉を見た。

「いろいろわけがあるんだ。おめえには話せねえようなわけがよ」

言いながら、新吉は泣きたいような気分になっていた。やはり江戸を逃げ出すしかないのだ、と思った。泉屋藤六が、生きているにしろ、死んだにしろ、お上の手はいずれは藤六、銀助のつながりからたぐって、おれのところにやって来るだろう。そして、そうなる前に、銀助は証拠人であるおれを消しにかかるかも知れない。いずれにしろ、今夜の出来事はやり過ぎなのだ。

「おめえに借りた金も、当分は返せねえな」

「そんなことはいいの」お品は首を振った。

「あのお金は、あんたに上げたつもりだったんだから。それより、どうしても江戸から逃げ出さないといけないの？」

「そうだ。このままいると殺されるかも知れねえのさ」

今度はお品が沈黙した。口をつぐんだまま、まじまじと新吉を見た。

「静かな家だな」

新吉は小声で言い、またあたりを見回した。きれいに片づいた部屋だった。

「子供は？」

「一人よ。四つになる」

「男かい」

「女の子」

「ご亭主の病気はどうなんだね。少しはいいのか」

お品は首を振った。

「このところ三日に一度は医者に来てもらってるのだけど、昨日も、もう長くないと言われたのよ」

「そいつは気の毒だ」

色が白く小肥《こぶと》りの、お品の亭主を、新吉はそれとなく見て知っている。労咳《ろうがい》などという病気とは結びつかない感じがしたが、人の運命はわからない。

「病気のご亭主がいるのに、泊めてもらうわけにはいかないよ」

「心配しなくともいいと言ったでしょ」

お品はたしなめるように言った。

「時どき伯母や従弟《いとこ》に泊りに来てもらっているんだから、後でそう言っとく。もっとも本人は奥の離れに寝たきりだから、誰がきてもわからないのよ」

女は、お品のような女でも残酷な口をきくものだ、と思ったが、それで気が楽になったことも確かだった。

「それに、そろそろ町の木戸が閉まるもの」

「じゃ、済まないが厄介になるかね」

と新吉は言った。じっさいに、かりにお品に追い出されたら、行き場がないという気がしていた。

茶の間に床をとってもらって寝たが、新吉は眠れなかった。今日一日の出来事、賭場のこと、遠い昔のことのように思えるお品に対する裏切り。そういうもの思いが頭の中を駆けめぐり、そのあげくに、こんなふうに人の女房になったお品の家で寝ていることが、いかにも奇怪なことに思えてくるのだった。それでも、いつの間にかうとうとしたらしかった。気づくと暗い床のそばに女が坐《すわ》っていた。甘く鼻を搏《う》ってくる体臭で、すぐお品だとわかった。新吉は身体を硬くした。

――大胆なことをする。

そう思ったが、泊ると決めたときから、こうなることがわかっていたような気もした。

「眼がさめてるんでしょ」とお品が言った。

「ああ」

「江戸から逃げて、どこへ行くの？」

「さあ、わからねえ」

「お金を持って来たわ」

お品はそう言って、枕《まくら》もとに小さな包みを置いた。お品の動きが、黒い影絵のようにみえた。

「済まねえ」

「いつ、もどって来るの？」

「さあ、四、五年はだめだろうな」

「さみしい」

とお品は言って、新吉の手をさぐってきた。お品の手はひどくふるえていた。

「離れて暮らしても、あんたが江戸のどこかにいると思って、あたしは自分の気持の支えにして来たんだもの」

――バカ言っちゃいけねえや。

新吉は胸の中からほとばしり出ようとする叫びを押えた。おれはそんな男じゃない。そいつは、お品の勘違いというものだ。

「中に、入れてもらっていい」

「ああ」

新吉があけた夜具の隙間《すきま》に、お品はすべるような身ごなしで入ってきた。そしてそのまま身体をすくめるようにして、じっとしていた。新吉が胸に手を入れ、乳房に指を触れると、お品は驚いたように息をはずませた。そのことで、新吉は思い出していた。何ごとにも動じない物腰の女が、床の中での動きばかりはひどく拙《つたな》かったのを。

病気の亭主のことを、新吉は忘れた。夜が明ければ、江戸を逃げ出す決心をしている自分も忘れた。細紐《ほそひも》をとき、二布《ふたの》の紐をといた。闇の中で、新吉は火のように熱い女の身体を、くまなく手で撫《な》で回した。そして呻《うめ》くように言った。

「なんてえこった。むかしの、まんまじゃねえか」

朝の最初の光に眼ざめたのは、新吉の方だった。お品はまだ眠っていた。新吉はお品の眼をさまさないように、そっと夜具を脱《ぬ》け出して身支度すると、枕もとに置いてある金包みを懐《ふところ》にしまった。

店に降り、錠をはずして外に出た。すると、いきなり色あざやかなものが眼を刺してきた。東の空にひろがる朝焼けの雲だった。あとで雨になるという黒い千切《ちぎ》れ雲が、一面に空に散らばり、火のように燃えていた。

おれのような男を、本気で好いてくれた、たったひとりの女だったのだ、と新吉はお品のことを思った。だがめぐり合ったときには、それがわからなかった。長い間、ひどい間違いをして来たと思った。新吉は眼に涙が溢《あふ》れてくるのを感じたが、そのままにした。横川の橋を渡って東につづく道には、まだ人影はなかった。まだどこに行くというあてもなかったが、新吉は朝焼けの道を東に歩きつづけた。

遅いしあわせ

一

その男が入って来ると、朋輩《ほうばい》のおまちがおもんの脇腹《わきばら》をこづいた。

「ほら、来たよ」

そう言った声が笑いを含んでいる。

「行ってあげなよ」

おもんは顔が赤くなった。そろそろ来る時刻だと、心待ちにしていた気持を、おまちに見すかされた気がしたのである。あらがうように言った。

「べつに、あたしじゃなくちゃいけないっていうんじゃないのにさ」

だがそのとき、客の一人がそこの姉ちゃんや、酒だ。と言って高くかかげた銚子《ちょうし》を振ったので、おまちはさっさとそっちの方に行ってしまった。行くときに、おもんの臀《しり》のあたりをぱんと叩《たた》いて行ったのは、遠慮しなさんなという意味なのだろう。

おもんは盆を抱えて、その男の方へ近寄って行った。飯も喰わせ、酒も飲ませる店の中はほどよく混《こ》んでいたが、男はすぐにあいている腰かけを見つけて坐《すわ》った。

「いらっしゃい」

おもんが声をかけると、男は微笑をむけて、飯と肴《さかな》をくんな、と言った。

「肴は鯖《さば》の味噌煮《みそに》といわしの焼いたのと、どちらにします？」

「いわし」

男は短く言った。小声だった。

「味噌汁は大根ですよ」

おもんがそう言うと、男はもう一度あっさりした微笑をむけた。男は千切り大根の味噌汁が好きなのだ。

無口な男だが、素姓は知れている。春先から角の桶安《おけやす》で働いている、重吉という職人である。桶安の前を通ると、竹を割ったり、足で桶を回しながら、木槌《きづち》をふるってタガをはめたりしている重吉の姿を見かける。

身のこなし、手さばきが素人眼《しろうとめ》にもあざやかで、年季の入った桶職人だとわかる。重吉は、どこかで桶職人の奉公をおえた職人で、この春から角の桶安に雇われているのだと思われた。

「だったら、かみさんをもらうのもこれからということだね」

無口な桶職人が、飯を喰いに来るようになってひと月ほどし、そういう事情がわかったころ、おまちが、けしかけるようにそう言ったことがある。

おまちは時どき、おもんにけしかけるようなことを言う。店の給仕女は三人だが、おまち自身は所帯持ちで、もう一人のおすみはまだ十六の小娘だった。出戻りで二十一のおもんを、おまちは半ばはからかい、半ばは本気で、あの客はどうとか、この客は似合いだとか言ってけしかける。

むろん馴染《なじ》みの客の誰かれを、ひとり身のおもんに結びつけて面白がるのは、ひまつぶしの冗談のようなところもある。おもんもそれをいちいち真《ま》にうけるわけではない。おすみと一緒になって面白がったりする。

だが、重吉のときは違った。重吉がはじめて飯をたべに来たときに給仕したのがおもんだった。そのときおもんは、初顔のその男が、店に来るこれまでの男たちと、どこか違っているような気がしたのである。

長身で広い肩幅を持ち、手は職人らしく武骨だった。いわゆるいい男というのではなかったが、眼に落ちついた光があり、ひき結んだ口のあたりに男らしい気性がのぞいている。そして無口だった。笑うときにも、歯をみせず眼だけで笑った。

そういうひとつひとつの印象が、いつの間にかはっきり頭の中に刻まれるようになったのは、おもんがそれだけ、ふだん重吉という男をよく見ているということになろう。重吉はほかの馴染みの男たちのように、気安く女たちをからかったり、酔っぱらって隣に坐った客や、店の者にからんだりすることはなかった。飯を喰いに来るだけで、酒は飲まなかった。

だから、おまちがけしかけるように、重吉のことを言ったとき、おもんもそうかと思ったのである。重吉は昼と時には晩にも飯を喰いに寄ったから、ひとり暮らしだろうという見当はついていた。

しかしそれだけのことで、おもんはおまちが半分は面白がって期待しているように、自分から重吉に近づいたりする気はなかった。しっかりしたひとり者の職人がいる。このひとのかみさんになるのは、どんな娘だろうといった程度の関心を寄せるだけである。重吉という男に、自分を結びつけて考えたことはなかった。

ただ、さっきのように、おまちが気を利《き》かせてくれたりすると、悪い気持はしない。軽い浮いた気持になる。いまも飯を運び終り、ほかの客の世話をしながら、おもんは時どき重吉の方にちらちらと眼を走らせた。そういう様子を、いつの間にかおまちやおすみがちゃんと見ていて、あとでおすみまで一人前におもんをひやかしたりするのだが、それもおもんは悪い気持はしないのだ。だが、やはりそれだけのことだった。

おもんの気持の隅には、自分は出戻りだという、あきらめた気持がひとつある。その気持があるから、なんとなく重吉に眼がいくのも、おまちやおすみの眼から隠そうなどとは思わなかった。男がうまそうに飯を喰っているのをみて楽しむだけである。

「おもんちゃんや」

板場の中から、主人の仙蔵が呼んだ。

「はいッ」

おもんはあわてて盆を抱え直し、眼を重吉から板場にもどした。すると仙蔵がにが笑いをして言った。

「また来てるよ」

「すみません」

「いまいそがしいよって言ったんだが……」

仙蔵は板場の中で、根深をきざむ庖丁《ほうちょう》の音を立てながら言った。

「むこうもいそぎの用らしいや。ちょっと顔出してやんな」

「すみません、旦那《だんな》」

「長話はいけねえよ」

仙蔵の声を聞きながら、おもんはいそいで板場の横の裏口から外に出た。そこに弟の栄次が立っていた。年は十八だが、おもんよりひとかさ大きい身体《からだ》が、夕映えの空を背に立っているのを、おもんはまがまがしいものをみるように見た。

「姉ちゃん、金持ってねえか」

薄ぐらい光の中にうかんでいる顔は、まだ子供の面かげを残しているのに、声は中年男のようにドスが利いている。

「よくもそんなことが言えるね、おまえ。こないだもおっかさんが留守の間に入りこんで、着物持ち出したっていうけど、いったいどのつらさげてそんなことが言えるんだね」

こみ上げてくる怒りのなかで、おもんはさっきまでのわずかに浮き立った気持が跡形なく消え、まっ黒いものが心を塗りつぶして来るのを感じた。あたしは、この子のために生涯日がさすまい、と思っていた。嫁入り先のそば屋を離縁されたのもこの弟のためだった。

二

「どこの家にも心配ごとってものは、あるもんだねえ」

肩をならべて歩きながら、おまちはそう言った。栄次がおもんをたずねて来た日から、四、五日たった夜だった。

仙蔵の店は、酒を出すが表むきは飯屋だから、遅くとも五ツ（午後八時）には閉める。

客がなければ六ツ半(午後七時)で閉めることもあった。店を開けるのは昼前の四ツ半(午前十一時)ごろだから、通い勤めには楽だった。二人はいま、店の帰りだった。

二人とも家は本所で、両国橋を渡って帰る。

「家なんかもさ。子供はいないし、夫婦で働けば楽に暮らせるのに、亭主が怠け者だしね」

おまちは、おもんがやくざな弟のぐちを聞かせたお返しのように、亭主の悪口をならべはじめた。おまちの亭主は、半端大工だが、ろくに仕事にも出ないで、家にごろごろしているという話を聞いている。

「めんどう見のいい親方でね。仕事なんぞいくらでもあるから出て来いと言うわけ。でも本人に働く気がないんだから、こりゃどうしようもないわ。雨が降っているといっちゃ休み、腰が痛いと言っちゃ休みだから、稼《かせ》ぎに出る間なんかありゃしない」

「でも家にいるだけでしょ? 手慰みをするわけじゃないし、女遊びをするわけじゃないんだから、仕方ないんじゃない?」

「そりゃそうだけどさ。この上女遊びなんかしたら、あたしゃただじゃおかないよ」

おまちはけらけらと笑った。

「そんな甲斐性《かいしょう》はないのよ、うちのひとは。みんなめぐり合わせさ。そういうひとには、あたしのように、家の中にじっとしているのが嫌いな女がくっつくようになってんだから」

おまちは翳《かげ》りのない口調でそう言ったが、前から来た人影をみて、おや、と言った。二人は提灯《ちょうちん》を下げていたが、それもいらないような月夜だった。それにしても、まだ人通りがある中から、おまちはよく見わけたものだとおもんは思った。人影は重吉だった。

二人が立ちどまったので、気づいたらしく重吉も立ちどまった。

「桶《おけ》屋さん、どちらまで？」

おまちは気軽に声をかけた。

「ちょっと橋向こうまでね」

重吉は言ったが、提灯の光がまぶしいような眼をしている。

「そう。あたしらいま帰りなんだけど」

おまちはそう言うと、急にいたずらっぽい顔になっておもんに言った。

「こんな月のいい晩にさ。こんなとこで桶屋さんに会うなんて、めったにないことだよ。お茶でもおごってもらおうか」

「……………」

「といっても、あたしは亭主が腹すかして待ってるからだめだわ。おもんちゃん、あんたごちそうになって帰んなさいな」

「あら、何を言い出すんだね、おまちさん」

「いいでしょ、桶屋さん」

重吉は黙って立ったまま、いつものように眼だけで笑っていた。

じゃね、ごゆっくりねと、すっかり気を利《き》かせたふうに背をむけるおまちに、おもんは、困るじゃないか、おまちさんはと声をかけたが、すぐに子供じゃあるまいし、と後を追うことはやめた。子供どころか、一度は男を知った女が、いまさらうろたえることもあるまいとも思った。

いそいで家に帰ったところで、病気の父親と年中暗いぐちばかり言いつづけている母親、それにまだ幼ない妹がいるばかり。たまに男とお茶を飲むぐらいのことはしたい。そう思うと、おまちのいたずらが、心をわずかに浮き立たせてくるようだった。

「迷惑じゃないんですか、桶屋さん」

その気持にくすぐられたように、おもんはくすくす笑いながら言った。

「あっしはかまわねえが、でもおどろいたひとだな」

「ほんとに」

「じゃ、せっかくああ言ってくれたんだから、そこらでお茶でも飲みますかい」

重吉は橋の方を振りむいて言った。

「ほんとに、お茶でいいんですかい」

「ええ、お茶でけっこうよ」

おもんはきっぱりと言った。酒でなくていいのかと聞いたのだとわかったが、男と一緒だからといって、そこまで浮かれようというつもりはない。ほんの少し、息抜きをしたいだけだった。

重吉は先に立って、さっき来た道をもどり、両国橋の手前で、右手の河岸に曲がって行った。そのときになって、おもんはいくらか胸に不安が萌《きざ》すのを感じた。先に立って歩いている重吉から、かすかに酒気が匂《にお》って来るのに気づいたからであった。

だが重吉は振りむきもせずに暗がりを通りぬけ、きらびやかに軒行燈《のきあんどん》をつるしている店がならぶ一角に出た。河岸の水茶屋の前だった。

昔は簀《す》囲《がこ》いの腰かけ茶屋だったものが、いまは二階建ての居付きの店に変り、その二階では酒も出すといわれている。そういう一軒の店に、重吉は軽くおもんを振りむいてから入って行った。

時刻が早いせいで、店にはまだかなりの客がいて、中に入ると、客の話し声がざわめきになって耳に入って来た。

「ほんとに迷惑じゃなかったかしら」

緋毛氈《ひもうせん》を敷いた腰かけに坐《すわ》り、お茶をもらってからも、重吉が黙ってお茶をすすっているだけなので、おもんは思わずまた言った。

「いや」

重吉はおもんを見返して、眼で笑った。だがそれだけで、また茶碗《ちゃわん》を取りあげた。いくら無口だって、これじゃ話の継ぎ穂もないわとおもんは思った。だがそう思う一方で、重吉と二人きりで水茶屋にいるなんて、夢のような成行きだとも思っていた。

「川向こうに、お家があるんですか」

とおもんは言った。

「いや、知り合いでさ。昔の友だちでね」

「そう」

それでまた話がとぎれたかと思ったら、重吉が不意におもんを振りむいた。

「こないだ、へんなところを見てしまったんだが……」

「………？」

「裏口のところで、あんた男のひとと言い合いをしてなかったかね」

「あら」

と言って、おもんは赤くなった。

「見られちゃったの？　男って、あれ弟ですよ」

「へえ」

「なりばっかり大きくて、親泣かせ、きょうだい泣かせの極道者でねえ」

そこまで言って、おもんは口をつぐんだ。赤の他人に身内のぐちを言っても仕方ないと思ったのである。

栄次は十四、五のころから、悪い仲間がいた。徒党を組んで店先のものをかすめとったり、女の子を脅《おど》して家から金を持ち出させたりし、そのたびに亀沢町の裏店《うらだな》にいる親のところに、人がどなりこんで来た。その筋に訴えると言われたこともある。

だが手慰みをおぼえ、賭場《とば》に出入りして、そこの使い走りをするようになったのは、父親が病気で寝ついてしまった二年前からだった。栄次は、それまでまがりなりにも勤めていた奉公先の経師屋をやめた。夜も家を明け、たまに帰って来ると、家の中から金になりそうな物を持ち出した。

おもんが離縁されたのも、栄次のせいである。ある日、人相の悪い男が二人、嫁入り先のそば屋にやって来て、栄次が五両の借金をつくったが、金はこちらからもらえと言われて来たと言った。

おもんがきっぱりはねつけると、男たちは店の中にいた客が、みな逃げ出したほどの大声を出して荒れ狂い、飯台をひっくり返し、丼《どんぶり》を土間に叩《たた》きつけて割った。そのときは舅《しゅうと》が五両を出しておさまった。

しかし、二度目に男たちがやって来たとき、おもんは男たちの眼の前で、掛けていた前垂れをはずすと、家の者に頭をさげ、これ以上迷惑はかけられません、今日かぎりおひまを頂きます、と言った。誰もとめなかった。二度目があれば、三度目があることが、誰の眼にも見えたのである。もともと気の弱い夫は、釜《かま》のそばで、壁の方を向いたきりだった。

おもんは、男二人を店の前に連れ出すと、これでこの家とは赤の他人になったが、あたしは弟の借金など一文たりとも払いません。それが気にいらなかったら、あいつの腕を折るなり足を折るなり勝手にしておくれ、とたんかを切った。

眼の前が暗くなるような怒りに襲われていた。弟など死んでしまえ、と思った。おもんの見幕に気押されたようににやにや笑っている二人の男を残して、おもんは後も見ずに嫁ぎ先のそば屋から立ち去った。

そば屋には、あとで近所の者を頼んで、荷物を取りにやり、それっきりになった。

あらまし一年前のことである。

「いま、いくつですかい」

と重吉が言った。おもんはもの思いから、はっとわれに返った。

「はい？　あたし？」

「いや、弟さん」

重吉は笑いもしないでそう言ったが、おもんは真赤になった。

「ごめんなさい。いま、考えごとをしてたもんだから。十八ですよ」

「十八ね」

重吉は、胸の中で何かを数えるような表情をした。そしてふっと笑った。

「十八なら、親兄弟を泣かせるなんてことは、よくあることでね。極道といっちゃかわいそうだ」

「なにがかわいそうなもんですか」

おもんは、そばを通りかかった女中が、びっくりしてふりむいたほど、高い声を出した。そして自分の声におどろいて、あわてて小声になった。

「家の物は持ち出す、あちこち借金をこしらえて、その取り立てをこっちに回してよこす。あたしはそれで嫁入り先にいられなくなって、飛び出したんですよ」

ああ、こんなことまで言っちゃって、と思ったが、おもんは思い切り自分をいじめてしまいたい気持に駆られていた。

「おとっつぁん、おっかさんが、たった一人の男の子だからって、甘やかしたのがいけなかったんですよ。十八で博奕《ばくち》打ちですよ。親を泣かせるたって、そんじょそこらにいる道楽者とはわけが違います。家の者はみんな、いっそ病気になって死んでくれないもんかと言ってるんです」

やっぱりぐちを言ってしまった、と悔やみながら、おもんは残っていたお茶をのみ干した。身内の恥をさらしてしまったことで、重吉に抱いていたほのかな気持にもさっぱりと幕が降りた気がした。さびしい気もしたが、気分はむしろさっぱりした。

「ごちそうさま」

わざと快活な声で言って、おもんは立ち上がった。

「つまらない話を聞かせて、ごめんなさいね」

「いや、言い出したあっしが悪かったさ」

と重吉は言った。

二人は水茶屋を出て、橋の方に引き返した。月はますます明るくなって、橋の上に動いているひとの顔まで見えた。

と言った。

「じゃ、あたしここで」

橋に踏み込んだところで、おもんが頭をさげると、重吉がもう少し送って行こう、と言った。

——あわれまれている。

と思ったが、重吉の心づかいがうれしかった。おもんは重吉によりそって歩いた。どうせひと晩だけの、小さい思い出になるのだと思っていた。

橋を渡り切るところまで行ったとき、前から来た三人連れの男が、二人をからかって通りすぎた。そのまま行きすぎるかと思ったのに、立ちどまって、今度はうしろからしつこい声を浴びせてくる。おもんが思わず耳をふさぎたくなったほど、野卑な言葉を投げつけて来た。三人とも酔っていた。

すると、突然重吉がつかつかと男たちの方に引き返して行った。おもんはびっくりして声をかけた。

「喧嘩《けんか》、しないでよ」

だが見まもっていると、重吉は喧嘩なんかしなかった。身構えて待っている男たちの前に行くと、低い声で何か言ったようである。すると、それだけで男たちは、急におとなしくなって、こそこそと背をむけて立ち去って行った。

「何を言ったの？」

もどって来た重吉に、おもんはあまりに不思議でそう聞いたが、重吉は黙って顔をほころばせただけだった。

「じゃ、ここで」

橋のたもとに降りると、重吉はあっさり言ったが、不意におもんの手をとって握った。

「だいぶ辛《つら》そうだが、世の中をあきらめちゃいけませんぜ。そのうちには、いいこともありますぜ」

そう言うと、自分の言葉にてれたようにもう一度笑顔をみせると、不意に背をむけて、すたすたと橋を遠ざかって行った。

駒止橋を渡って、回向院《えこういん》そばの道に回りながら、おもんは重吉に握られた手をそっと撫《な》でた。

「手なんか、握ってくれなきゃいいのに」

おもんはひとりごとを言った。手を握られたって、どうしようもないのだ。貧しい家、病気の父親、いつもおどおどとおびえている母親の姿を、おもんは思いうかべた。その上に、うっとうしく暗い、やくざな弟の影が覆《おお》いかぶさっている。

重吉はあんなことを言ったが、これから何かいいことがあるとは思えなかった。おもんは、思いがけなく男と過ごした短いときを振り捨てるように、小さく頭を振った。

――でもあのひと、さっき何を言ったのだろう？

家の近くにもどってから、おもんはふっと、橋の上で酔った男たちを軽くあしらった重吉のことを思い出していた。

三

「おもんじゃねえか」

突然うしろから声をかけられた。振りむくと、元の亭主の辰蔵が立っていた。おもんは顔をそむけて橋の方にいそいだ。だが足音が追いかけて来た。

「おい、待ちなって」

袖《そで》をつかまれそうになったので、おもんはやっと足をゆるめた。

「あたし、いそいでいますから」

「そうか。どこかに働きに出てんのか」

なにをいまごろ、よけいなお世話だろとおもんは思った。

そば屋をとび出したものの、おもんは一度ぐらいは辰蔵が家をたずねて来るのではないかと、心待ちにしていたのだ。それがたった三年とはいえ、一緒に暮らした夫婦というものだろう、と思ったのである。

だが、辰蔵は一度も姿をあらわさなかった。荷物を取りに行った者にも、これ幸いと荷物をまとめてよこして、伝言ひとつなかった。やくざな弟をおそれているには違いなかったが、あんまり不人情な仕打ちじゃないかとおもんは思ったのだ。

「仕方がないんだよ、家がこんなふうになったからね」

母親がそう言った。おもんの父親は、五、六年前までは一応は表店《おもてだな》に住む大工で、そのころ辰蔵の父親と知り合った。それでおもんと辰蔵の縁談もまとまったのだが、おもんが嫁に行く前後から父親は身体をこわし、しじゅう寝こむようになった。稼ぎがなくて、医者の薬代がかさむものだから、ろくにたくわえもない家は、あっという間に苦しくなり、やがて借金のかたに家を取られて、いまの裏店に越したのである。

母親はそれを言っている。そうだとすれば、そば屋にとっては、弟の栄次のひっかかりはいい口実だったかも知れない。

おもんはそこまでは考えたくなかった。夫婦の絆《きずな》というものを信じたかった。だが辰蔵の仕打ちをみると、母親が言うことを信じないわけにはいかなかった。

おもんは、別れてから少し肥《ふと》ったようにみえる辰蔵の顔を、他人を見る眼で見返した。
「何か用なの？」
「用ってわけじゃないよ。ただ姿を見かけたもので、あれからどうしてるかと思って
よ」
「べつに、あんたに心配していただかなくともいいわ。だれのお世話にもならず、た
べてますから」
「栄ちゃんは相変らずかい」
「相変らずよ。あんた、よかったわ。ほっとしたでしょ、あたしと縁が切れて」
いや味な言い方をしている、と思った。だがおもんは、胸の奥から少しずつこみ上
げてくる怒りを押えられなかった。
通るひとがじろじろ二人をみるのに気づいて、おもんは橋の欄干に身体を寄せた。
辰蔵がついて来た。
「あたしもほっとしているの。栄次のことがなくたって、家がすっかり貧乏になった
しね。あのままおいてもらったって、一生肩身狭い思いをするに違いないもの。いま
は貧乏は貧乏でも気楽」
「おまえ、それは言い過ぎだよ」

辰蔵は、気押された表情で言った。辰蔵はおとなしい男で、親にも口答えひとつ出来ないたちだった。丸く血色のいい顔に、困ったようないろをうかべている。

「栄ちゃんのことさえなければ、誰もおまえ……」

「もういいの、済んだことなんだから」

おもんはきっぱりと言った。眼の前の男に何の未練も持っていなかった。辰蔵をみていると、むしろ夫婦というものは、こんなあっけないものだったかと思えてくる。善良な眼をした、丸顔の男はただの他人に異ならなかった。

辰蔵とすごした夜のことがふっと頭を横切ったが、それも何ということもなかった。いつも物音を気にし、おずおずと手を触れて来た男。そんなことがあったかと思うほど、記憶が淡くかすんでいる。

「それより……」

おもんは薄笑いをうかべた。

「あたしのことなどさっさと忘れて、新しい嫁さんをさがしてくださいな」

「そのことなんだ」

辰蔵はいっそうおどおどした顔になった。

「じつはおれ、嫁をもらうことに決まってね」

「へえ？」

おもんは絶句した。ようやく言った。

「それはおめでたいじゃないの。でもそれだったら、あたしを呼びとめたりしない方がよかったわね。誰がみてるかも知れないんだから」

「………」

「昔の女房と話してたなんてことが聞こえたら、相手のひとに悪いじゃないの」

「いや、ちょっと姿を見かけたもんだから」

辰蔵は口ごもった。

「ひとこと様子を聞かなくちゃ、悪い気がしたもんでね。それに、嫁をもらうということも、お前にことわらないと……」

「悪い気がしたというのね。どうもありがと」

そう言ったが、おもんは顔色が青ざめるのを感じた。冗談じゃないよ、と思っていた。

「じゃ、あたしこれからお店に行くから、ここで……」

「おもん」

辰蔵が追いすがって来た。

「おれ、嫁をもらってもいいんだな」

「どうぞ」

おもんはふりかえりざまに、斬《き》りつけるように言った。

「もとの女房でございますなんて、あんた方の前にあらわれたりしないから、心配しないでよ」

「そうじゃないよ、おれは……」

辰蔵がまだなにか言いかけるのを振り切るようにして、おもんは人混みの中にまぎれこんだ。

歩いているうちに、おもんの眼に涙がにじんできた。

――あの、うすらバカ。

胸の中で、辰蔵を罵《ののし》った。なにも新しい嫁をもらうからと、ことわりを言うことはないじゃないか。どいつもこいつも、あたしをバカにしやがって。

おもんは興奮して、人をかきわけるようにして道をいそいだ。しかし辰蔵は、嫁をもらう前に、もう一度あたしの気持をたしかめたいと思ったのかも知れない、と気づいたのは、橋を渡り切って、米沢町《よねざわ》の町並みに入ってからだった。

だがそう気づいても、それは何の慰めにもならなかった。気持を確かめるといったって、たとえばそのうち戻りたいと思っているなどと言えば、辰蔵は卒倒もしかねない男なのだ。

――ただ、心がやましいから……。

あたしの許しをもらいたいだけだったのさ、と思うと、それでやっと辰蔵の気持を読み切ったという気がした。索漠《さくばく》としたものが、胸の中を吹きぬけて行った。

未練など、さらさらない男だった。それなのに、気持が妙にさびしい方に流れて行くようだった。やましさなどという、何の役にもたたない気持にしろ、一人の男がこれまで自分を気づかっていたことはいたのだった。それすら、いま消えてしまったのがさびしいのかも知れなかった。

許しをもらって、羽根がはえたように飛んで帰って行く男のうしろ姿がみえるようだった。朝っぱらから、いやな話を聞いたと思った。今日も、ろくな日にならないだろう。いよいよひとりぼっちになったような、暗い気持を抱いて、おもんは店にいそいだ。

四

のれんをわけて、男が二人店の中をのぞきこんだ。そしておもんを見つけると、そのうちの一人が店に入って来ようとした。

おもんは抱えていた盆を板場に置くと、いそいで男を押しもどすようにしながら、店の外に出た。昼めしどきで、店の中が混んでいた。重吉も客の中にいて、そういう自分をじっと見送っているのを感じ、おもんは頭に血がのぼった。

「また、何か用なんですか」

おもんは男たちを叱《しか》りつけるように言った。二人は家にもそば屋にも顔を見せた、賭場《とば》の男たちである。

「ここは堅気がおまんまを喰べる店ですからね。あんたたちのようなひとに、顔を出してもらいたくないよ」

「こいつはご挨拶《あいさつ》だ」

男たちは顔を見あわせて苦笑したが、一人がすぐに言った。

「ちょっと、困ったことが起きてよ」

「栄次のことなら、もう聞く耳もたないよ。まずいことがあったら、焼くなり煮るなり勝手にしておくれ。あいつが死んだら、家じゃ赤のまんま炊《た》いて祝おうと思ってんだから」

「ところがそうはいかねえんだ」

馬のように長い顔をした男が、おもんの言葉をさえぎった。

「今度は野郎、賭場の金をつかいこんじまった。三十両という大金だぜ」

「………」

「姉貴に来てもらえ、と親分が言ってなさる。もしおめえさんがいやだと言ったら、家へ行っておふくろさんをしょっぴいて来い、とえらい見幕だ」

「あたしゃ、そんなとこに行くのはいやだよ。いまいそがしいんだから」

「こっちもいそがしい。じゃおふくろを連れて行くが、それでいいか」

「ちょっと待って」

とおもんは言った。だが考えるまでもなかった。母親をそんなところにはやれない。

おもんは手早く襷《たすき》と前垂れをはずした。

「ちょっと待って。いま旦那《だんな》にことわりを言ってくるから」

おもんは店の中にもどって、仙蔵にことわりを言った。おまちがどうしたの？ と心配そうに寄って来たが、話しているひまはなかった。急用が出来た、とだけ言って、すぐに店をとび出した。

——きっぱり話をつけて来る。

とおもんは思っていた。あのろくでなしと、家とはもう何のかかわりもない。家には一文の金もない。あいつのことなら、どうぞそっちで勝手に処分してくれと言ってやる。おもんは怒りにもえて、男たちのあとからついて行った。

連れていかれた場所は、一ツ目橋を南に渡ったところにある、御舟蔵前の町だった。賭場ではないらしく、ただのしもた屋にみえた。おもんはその家に連れこまれ、八畳ほどの誰もいない部屋に入れられた。

人声も聞こえず、無人のように静かな家だったが、やがて遠くから人の足音が近づいて来たと思うと、襖《ふすま》を開いて五、六人の男が入って来た。その中に栄次がいた。

「あんたが栄次の姉《あね》さんか」

正面に坐《すわ》った、肥《ふと》った男がそう言った。五十がらみの赤ら顔をした男で、鬢《びん》のあたりが白く、さびた声を出した。これが親分だろうと、おもんは見当をつけた。思ったよりやさしい眼をしている、とおもんは思った。親分の眼は、皺《しわ》の間から少し眠そうにおもんを眺めている。

「使いの者に聞いたろうが、栄次が不始末をしでかしてな。それで姉さんに来てもらったんだ」

おもんは、囲まれるようにして男たちの間に坐っている栄次を見た。

栄次はかなり折檻《せっかん》をうけたらしく、頬がむらさき色に腫《は》れ、額のあたりに血がにじんだひどい顔をしている。髪も乱れたまま、悄然《しょうぜん》とうつむいている姿が、急に大人びてみえた。

おもんは不意に胸を衝《つ》かれたような気がした。厄介者だ、人でなしだと汚いものをみるような眼で見、なるべくそばに寄らないようにし、姿が見えなければほっとしていた。家の者がそうしている間に、弟は引き返すことが出来ないところまで来てしまったようだった。そこに坐っているのが、知っている弟ではなく、見も知らぬ悪党の一人のようにみえたことが、おもんをぎょっとさせたのである。

小さいころは、姉ちゃん姉ちゃんとよくまつわりつく子だったのに、と思ったとき、栄次が顔をあげておもんを見た。だが何も言わずに、青ざめた顔をそむけるようにして、眼を伏せてしまった。

親分が、何か言っている。

「え？」

「だから、今度はそうかじゃすまされねえと言ってる。三十両の金をどうして返してくれるね」

「お金なんぞ、家には一文もありゃしません。弟といってもね、親分さん。栄次は勘当したも同然の子です。こんなろくでなしの面倒をみられるわけがないじゃありませんか」

「いや、今日はそんなごたくを聞きたくて来てもらったわけじゃねえ」

やさしい眼をしたまま、親分はそう言った。

「どうしても返してもらわなくちゃならねえから、こうして呼んだのよ」

「だから、それは弟から取ってください」

「栄次から」

親分は笑った。

「こうしてぶっ叩《たた》いてみたが、ビタ一文こぼれちゃ来なかったぜ」

「死ぬまでこき使ってくれればいいのですよ。それが気にいらなきゃ、斬《き》るなり突くなり勝手にしてくださいと申しあげてるんですよ。とにかく、家の者が迷惑をこうむるのは、もうごめんですよ」

「おう、吉よ」

親分はおもんの言葉には取りあわずに、男たちに声をかけた。

「この女、いくらで売れそうかい」

「さいですな」

瘦《や》せて顔色の悪い四十男が答えた。

「出戻りだというし少しトウが立っているが、器量は悪くござんせんから、ま、三十両そこそこには……」

「冗談じゃないよ」

おもんは立ち上がった。すると一人の男がすばやく立って来ると、肩を押えつけておもんを坐らせ、もう一人が襖ぎわまで行って、逃げ道をふさいだ。

「ちょっと、その書きつけに、おめえさんの爪印《つめいん》をもらおうか」

親分が何でもないことのように言うと、さっきの顔色の悪い男が寄って来て、おもんの前に、何か書いた紙をひろげた。おもんは立ち上がろうともがいたが、うしろから肩を押えている男の力が強くて、身動き出来なかった。顔色の悪い男が、おもんの指に印肉をつけようとしたので、おもんは悲鳴をあげた。

すると、その悲鳴が聞こえたように、うしろの襖が開く音がし、つづいて人が倒れる物音がした。おもんの身体は急に軽くなった。ふりむくと、重吉が立っていた。

「なんだ、なんだ、てめえは」

男たちが総立ちになって怒号するのにかまわず、重吉はぴたりと親分の前に坐ると、懐《ふところ》に手を入れて紙包みを引っぱり出した。

「ここに八両ごぜえやす」

紙包みを押しやってから重吉はそう言った。

「あとは少し待ってもらえませんかね」

「待つ？　おめえさんが三十両の金を払おうってえのかい」

「さいでござんす」

「おめえ、この女の何だい？」

「へい、連れ合いでござんす」

「栄次には、そんなことは聞いてねえな。ま、いいや。で、残りはいつ返す」

「あっしはしがねえ桶職人でござんすから、とても一度にというわけにはいきません。ま、ちびりちびりと」

「ふざけたことを言いやがる」

と言ったのは、親分ではなく、別の男だった。

「親分信用しちゃいけませんぜ。そんなのを待ってる間に、女とドロンを決めこまれたりしたら、今度こそ取るものは何にも残らねえ」

坐ったまま、重吉がじろりとその男を見上げた。そして袖《そで》に手をひっこめると、いきなりもろ肌ぬぎになった。男たちがどよめいた。重吉の肩には無数の傷あとが黒く刻まれている。この男が、かつて敲《たた》きの刑を受けたことを、傷あとが示していた。

重吉は左腕に巻いている布をはずした。するとその下から青黒い入墨があらわれた。

「ごらんのとおり、あっしも素っ堅気というわけじゃござんせん」

気をのまれたように、ひっそりと自分を見つめている男たちを見回しながら、重吉が言った。

「仁義を欠くような真似《まね》はしません。信用してもらいてえ」

「おめえ、他国者だな」

薄気味悪そうに入墨を眺めながら、親分が言った。

「素姓は何だい？　盗《ぬす》っ人《と》か」

「いえ、あっしは桶職人でござんすよ」

と重吉が言った。

三人でその家を出ると、秋の日が傾きはじめていた。河岸まで出ると、御舟蔵の影が地面に倒れかかっていた。

「いや、助かったぜ」

不意に、栄次が二人を振りむくとにやりと笑った。

「姉貴に、こんな頼もしいひとがついていたとは知らなかったなあ。ま、これからもよろしく頼まあ」

そう言った栄次の前に立つと、重吉はいきなり頬を張った。ぐらりと傾いた栄次の肩をつかむと、今度は腰車に掛けて、したたかに地面に叩きつけた。

「いいか、よく聞け」

重吉は倒れている栄次に、指をつきつけて言った。

「このひとにつきまとうな。親たちにもつきまとうな。てめえの身は、てめえで始末しろ。お前さんはもう、十分みんなに迷惑をかけた。また今度のようなことがあったら、そのときは、ただじゃおかねえ」

ようやく立ち上がった栄次の顔に、濃いおびえの色が浮かんでいる。栄次は尻《しり》さがりにうしろへさがった。

「もうひとつ言っておく。いまのように世の中をなめて暮らしていると、そのうちに死ぬぞ」

その声に突きとばされたように、不意に栄次は走り出した。こわいものから逃げるように、まるくなって河岸を走り、町角を曲がって姿を消した。

「少しきついことを言ったが……」

おもんを振りむいて、重吉が重くるしい声で言った。

「あれぐらい、つき放さないと、本人のためにならねえのです。一人前の男なら、ひとりになったら自分で立ち直るはずでさ」

「いいの。ああ言ってもらった方がいいの」

いまのようなことを、誰も言ってやらなかったから、弟はあんな人間になったのだ、とおもんは思った。

——でもこのひと、一体何者かしら？

おもんは並んで歩いている重吉の横顔を盗み見た。腕の入墨、橋の上で、酔っぱらいに何か言ったことなどが、ちらちらと頭を横切り、おもんは重吉のことは何もわかっていないという気がする。

だがそれとはべつに、もうひとりぼっちではないという気もこみあげて来た。いまごろになって、やっと遅いしあわせが訪れて来そうな予感に、おもんは胸がふるえる。重吉が親分に、連れ合いだと言ったひと言を思い出し、おもんは顔を赤らめて重吉に寄りそって行った。

運の尽き

一

両国の水茶屋「おさん」。おさんというのは、軒をならべているこのあたりの水茶屋がまだ葭簀《よしず》張りだったころ、看板娘でならしたこの店の女主人の名前だが、そのおかみ本人はそろそろ五十に手がとどく女で、時おり奥から出て来て釜《かま》のそばに立っても、馴染《なじ》みでもなければめったに振りむくひともいない。

その店の隅が、若い男たちのたまり場になっていた。顔ぶれはいつの間にか決まってしまって、多いときは六、七人、少ないときは三、四人で、いつも同じ顔がそこにとぐろを巻いて、ひそひそと何か相談ごとにふけったり、入って来る客の品定めでもする様子で、無遠慮な笑い声や奇声を挙げたりする。

客商売だから、おかみも気にして、そういうときは隅まで足を運んで男たちをたしなめる。そうすると、男たちは大ていは神妙にあやまって静かになるのだが、おかみの虫のいどころが悪くて、言い方が険悪になったりすると、男たちも歯むかって、おれたちも客だぜと凄《すご》んだ。

そう言っても、この連中は町のダニというほどの悪《わる》ではない。背が高くて顔色が青白く、物言いもしぐさも気取っている若い男は、おかみも知っている米沢町《よねざわ》の蠟燭《ろうそく》問屋の倅《せがれ》だし、身体《からだ》つきががっしりして、真黒な顔の男は平右衛門町角の便利屋の三男坊である。大方はこの界隈《かいわい》の若い連中で、素姓が知れていた。

男たちは、「おさん」をたまり場にして、そこで若い女をひっかける相談をしたり、金の算段がつくと、そこから連れだって橋向うの岡場所へくりこんで行ったりする。どこか小博奕《こばくち》を打たせる場所があるらしく、ひそひそとそんな話をしていることもあった。

「おさん」のおかみは、その若い連中が店をたまり場のようにしているのを困ったことだと思っていたが、ほかの客の迷惑になるほど羽目をはずさなければいいさ、とも思っていた。

若い時分というものは、無鉄砲なことをやるものさ、とおかみは思っている。二十前後になると、生意気に世間の仕組みも自分自身も、みんなわかったつもりになって、親をないがしろにし、世間に歯むかって仕たい放題のことをやるが、本当に自分や世の中がわかって来るのは、女房をもらい、子供のひとりも生まれるころからなのだ。若いうちはそれが見えない。

あたしだってそうだったんだから、とおかみは、店の隅をたまり場にしている若い連中に、わりあい寛大な気持を抱いていた。ただあんまり無茶なことをしなければいいが、と男たちの若さを危うんでいた。

だがじっさいには、「おさん」にあつまる若い連中は、おかみが思っているより、もう少し悪いことをしていたのである。

「あたしだって、そうそう金がつづかないよ」

と言っているのは、蠟燭問屋金井屋の若旦那《わかだんな》信太郎だった。

「こないだなんか、金箱に手ェ突っこんだところを親爺《おやじ》に見つかってさ。勘当の何のって、そりゃ大さわぎしたんだから」

信太郎は女のような声で、しかもほとんど表情を動かさずにしゃべっていた。

「そりゃそうだ。信ちゃんにばっかりおんぶするのは、考えもんだぜ」

平べったい顔で、ちょっと受け口の男がそう言った。

「遊ぶ金ぐれえ、てめえで工面しなくちゃ」

「博奕打つ金は、何とかなるんだ。不思議にな」

と便利屋の息子が言った。

「そいでよ。賭場《とば》でもうかれれば、どうてことはないんだよな。一度だけ、おれ大もうけしてよ、みんなに常盤町《ときわ》の女をおごったことがあったよな」

便利屋の息子が見回すと、みんながうなずいた。今日集まっているのは五人だった。息子は満足そうにうなずいたが、すぐに頭をかいた。

「ところが、そんなうまいことは年に一度ってもんだからな。やっぱり信ちゃんがいねえとよ。女にまでは手がとどかねえもんな」

「ウチに泥棒に入る度胸があるかい？」

と信太郎が言った。こういう悪いたくらみを無表情にさらりと言ってのけるところに、かえってこの男のきざっぽい性格が出ていた。

「あたしが手伝うってわけにはいかないけどさ。直ちゃんや芳蔵に、やってみようって気があるなら、手引きはするよ」

「こわいことを言うよ、このひとは」

芳蔵と呼ばれた、肉のうすい平べったい顔をした男が、迎合するような笑い声をたてた。

「しかし何だよな、この中で一番の悪党は信ちゃんかも知れねえな」

「そっちの二人はどうだい？　乗ってみる気はないかね」

図に乗って信太郎が言った。一人は何とも言わずに、あいまいに笑ったが、もう一人は、そんな危ねえ話に乗れるかよ、と言った。撫《な》で肩のほっそりした男だが、いい男ぶりをしている。

その男はせせら笑うように言った。

「おれは直や芳蔵のように、女に不自由はしてねえよ。参ちゃん小遣いやろうかって、寄って来る女を振りはらうのに苦労するぐらいのもんだ。遊ぶ金欲しさに、泥棒をやる気はねえよ」

「おめえはそうだろ。たらしの参次というぐらいだから」

芳蔵は尖《とが》った声を出したが、ふと口調を変えて言った。

「こないだの女、どうした？　ほら、この店で見かけて、おめえが後を追って行った、ぽちゃぽちゃした娘」

「いただきよ」

男ぶりのいい男は、胸をそらして軽薄な笑い声をたてた。

「あのあとで、ちょいと飲めるところに連れこんで、ものにしちまった。見こんだとおり生娘でよ。器量はちょいと落ちるが、胸のへんの白さっていったらなかったぜ」

「ちきしょう、たまんねえな」

便利屋の息子が胸をかきむしった。

「それで、どうしたい？　まだつづいてるのか？」

「いや、そいつが聞いてみたら、どっかの米屋の一人娘でよ。一人娘ってえのはやばいからな。いっぺんこっきりでおさらばしたさ」

「もったいねえことをしやがる」

「あんたらも、気をつけな」

と、たらしの参次が言った。

「一人娘ってえのは、さばけねえのが多いもんだ。ねんねで育ってるからな。前に一度、出来ちゃったら親に会ってくれってつきまとわれてよ、逃げるのに汗かいたことがある」

たらしの参次が、女の扱いでひとくさり教訓を垂れているとき、男が一人店に入って来た。五十近い齢《とし》ごろにみえる大男だった。

二

男は入口のところで店の中をじろじろと見回していたが、隅にいる若い連中に眼をとめると、急にずかずかと寄って来た。そばに来たのをみると、身なりは商人だが、ひげづらの雲つくような大男だった。

見上げている五人に、その男が言った。

「この中に参次郎さんというひとは、おいでですかね」

声も大きかった。五人は気をのまれたように黙って男の顔を見たが、やがてたらしの参次が、虚勢を張った声で答えた。

「おれだよ。そういうあんたはどなたですかい」

「あたしゃ、おつぎの父親です」

そう名乗って、大男はにたにた笑った。身体に釣りあって、男の眼鼻も、口も大きかった。愛想のいい顔ではない。無精ひげに埋まった大きな口が笑うと、かえって凄《すご》味《み》のある顔になった。

男たちは、いっせいに参次郎を見た。その中で、参次郎の顔が白くなった。

「あんたが参次郎さんなら、折入ってご相談したいことがありましてな。ちょいと一緒に来ていただけますかな」

「………」

「外で、娘も待っております」

「おつぎなんて女は、おいら知らねえよ」

青い顔で参次郎が言った。

「おじさん、何か勘違いしてんじゃねえのかな」

「おとっつぁんと呼んでもらいたいもんだ」

と男は言った。にたにた笑いがひろがって男の眼は糸のように細くなった。

「なに、はずかしがるにはおよびませんよ。若い者にはよくあることでな。あたしなんぞも、いまの嬶《かかあ》をもらったときは、もうおつぎが腹の中に入ってて、腹ぼでれんの花嫁でした、ハッ、ハァ」

と男は一人で笑った。

「あんたのことは娘から残らず聞きました。あれを気に入ってくれたそうですな。縁というのは、まったくどこにあるかわかりませんな」

「…………」

「なにしろ一人娘で、いい婿《むこ》をと長年さがして来ましたが、帯に短し、襷《たすき》に長しというぐあいでして。これで、ま、ひと安心というものです」

「婿だって？」

「はあい。ともかく家までおいで頂いてな。あんたさんは職人さんだそうですが、そちらのあと始末はどうしたらいいのか、そのあたりをさっそく相談させてもらわないと」

「いやだ」

参次郎が尻《しり》ごみした。だがそこは板壁で、すぐに背中が壁についてしまった。

「冗談じゃねえよ。おれはまだ二十二だ。いまから米屋の婿におさまる気はねえよ」

「いいじゃないの、参ちゃん。米屋さんの婿なら立派なもんじゃないか」

信太郎が、女のように気取ったやさしい声で言ったので、みんなはどっと笑った。

参次郎と信太郎の言葉で、ようやく事情がわかって来たのである。

眼の前にいる大親爺《おやじ》が、さっき参次郎がとくとくとしゃべっていた、米屋の一人娘の父親に違いなかった。たらしの参次と呼ばれて、女をひっかけるのを生き甲斐《がい》にしている仲間が、どうやらひっかける相手を間違えたらしい。

そう思ったが、仲間は、まさか参次郎が、はいそうですかと、このまま米屋の婿になるとは夢にも思っていない。とりあえず弱り切っている参次郎の立場がおかしく、またこの大男から、どうして逃げ切るつもりか、と考えて笑いを誘われたのである。

だが、米屋の親爺は笑わなかった。かえってさっきのにたにた笑いをひっこめて、じっと参次郎を見た。

「冗談だと？」

親爺は男たちが腰かけたり、毛氈《もうせん》の上にあぐらをかいたりしている場所に、一歩踏みこんで来た。

「おいこら、若い衆」

親爺は、急に言葉まで乱暴になった。

「お前さん、冗談でウチの大事な娘をなぐさんだというのかね」

「まあ、まあ」

便利屋の直吉が、間に割って入った。直吉も肩幅が広く、いい身体をしているが、米屋の親爺の前に立つと、まるっきり見劣りがする。

だが直吉は、両手を腰にあてて言った。

「冗談てのは言葉のアヤだよ。とっつぁん。参次郎のやつ、あんまり急な話を言われてびっくりしてやがるんだ。だから、ここはひとつじっくりと……」

「お前さんに話しちゃいないよ」

米屋の親爺は、うるさいものを振りはらうように、腕をひと振りした。松の枝のように、ごつごつして赤黒い腕だった。その腕のひと振りで、直吉はたわいもなく毛氈の上にひっくりかえると、板壁に頭をぶっつけた。

男たちは息をのんだ。親爺がもうひと足踏みこんで来たとき、参次郎がその腋《わき》の下をかいくぐって逃げようとした。だが、親爺は敏捷《びんしょう》に参次郎のうしろ帯をつかまえた。

「ともかくな」

親爺は、やさしい声で言った。

「いっぺん、家に来て頂かないことにゃ、話がすすまないからねえ」

「どうしたのさ、大きな音をさせて」

不意におかみの声がした。客は遠い席に二、三人いるだけだが、逃げそこねた参次郎が、腰かけにぶつかってひどい音を立てたので、気にしてやって来たらしかった。

「おや、おさんちゃん、薬研堀《やげんぼり》の小町娘」

振りむいた親爺が言った。

「あんた、まだ店に出てるのか」

「なんだ、いやに大きなひとがいると思ったら、利右衛門さんじゃないか」

何十年ぶりに小町娘などと言われて、おかみはつやっぽい声を出したが、すぐに眉をひそめて、帯をつかまれている参次郎を見た。

「どうしたんだね。その若いひとが悪いことでもやったかえ?」

「そうじゃないよ」

親爺は上機嫌で答えた。

「ちょっとこのひとと相談事があってね。いい相談事だから、心配はいらないよ」

「そんならいいけど」

心配はいらないと言われて、おかみはよけいに心配になった顔つきで言った。

「乱暴はいけないよ。乱暴なことはやめておくれ」

「あいかわらずの心配性ですなあ。近ごろのあたしはおとなしくて、女房に叱《しか》られ、娘に叱られて借りて来た猫みたいにしているのを、ご存じないらしい。ハッ、ハァ」

親爺は大口あいて笑い、おかみに手を振ると、参次郎をひきたてて店を出た。さすがにうしろ帯をつかむのはやめたが、今度はしっかりと参次郎の手首を握っている。

店を出てしばらく行くと、日暮れて来た道のそばに、若い娘が立っていた。顔も身体もぽっちゃりと肉づきのいい娘だった。

二人を見ると、娘は顔を上げた。そしてうれしそうに呼んだ。

「参次郎さん」

参次郎はじろりと娘をみると、顔をそむけて言った。

「うるせえ」

だが、とたんに親爺がぐっと手に力をこめたので、参次郎は眼を白黒させて言い直した。

「おつぎちゃんか。お迎えごくろうさん」

三

「これを見てくれよ」

参次郎は、芳蔵の前で片肌ぬぎになると、肩を突き出してみせた。男にしては白すぎるほど、色白の肩のあたりが、全体に赤く腫《は》れ上がっている。

参次郎はすぐに肌をしまった。

「こいつは裏の米蔵《こめぐら》に、米俵をかつぎこんだり、そっから店にかつぎ出したりするからだぜ。夕方になると、車力が車で米を運んで来るからな。毎日の仕事だよ。そばにあの親爺《おやじ》が竹の棒もって立ってやがるんだ」

「そいつはひでえな」

と芳蔵は言った。芳蔵は親の代からの檜物《ひもの》職人で、いまは母親と二人きりの気楽な暮らしをしている。二人は芳蔵の仕事場で話しこんでいた。べつに奉公人がいる家でもないから、二人の話を聞く者はいない。

「しかし、何だろう？」

と芳蔵は言った。

「米俵かつぐのはきついかも知れねえけどよ。一日中それやってるわけじゃなかろう? 昼の間は店に出るからいくらか楽なんじゃねえのかい?」

「とんでもねえ」

と参次郎は言って、今度は足をのばすと裾《すそ》をまくって、足を出してみせた。

「どうだい? むくんでるのがわかるだろ?」

「どれどれ」

芳蔵は顔を近づけて参次郎の足を眺めた。

「むくんでるようには見えねえがな」

「むくんでんだよ。腫れてんだよ」

米蔵の脇《わき》の納屋《なや》に、米つきの臼《うす》がある。そこで一日中米をついているのがおれの仕事だと、参次郎は言った。

「店になんか出してくれるもんか。下男だよ、下男。それもあの親爺が、割竹を手にしょっちゅう見回りに来るから、足も休められねえ。おれは足も腰もがたがたになっちまった。このまんまいたんじゃ殺されると思ってな。やっと隙《すき》を見つけて逃げて来たんだ」

参次郎は、筆師の奉公を途中でしくじった男で、身よりもいない一人者という境遇をさいわいに、金がなくなれば知り合いの筆師にちょこっと雇われ、倦《あ》きれば休んで、ぶらぶら日を過ごしていた男だった。

つまり絵にかいたような怠け者で、女にこそ手がはやいが、重いものはそれこそそれが仕事の筆より重いものは持ったことがなかったろう。

「ふーん、そいつは大変だな」

芳蔵はつくづくと参次郎の顔を見た。

「でもよ」

と芳蔵は思いついたように言った。

「夜になりゃ、おつぎちゃんといったかい、あのぽちゃぽちゃした娘と一緒の部屋に寝るんだろ？　少しはがまんしなきゃ」

「とんでもねえよ」

参次郎は手を振った。

「娘となんか、口もきいたことがねえよ。むこうも、親爺に言われてるらしくて、そばに寄ろうともしねえんだ」

「何てこった」

芳蔵は笑い出した。

「それじゃ、ただ働きじゃねえか。かわいそうにな。女たらしの参ちゃんと言われた男が、女っ気もなしで、米つきの杵《きね》を踏んでるわけだ」

「おれだって、あんな女にそばに寄られちゃ迷惑だけどよ」

参次郎は、女たらしと言われた男らしく、ちょっと見得を切ったが、すぐに情ない顔になって言った。

「つまり、やっとわかったんだが、あの娘も親爺とぐるなんだ、きっと。まるで下男扱いだって言ったろ？　あの店は人使いが荒いんで、奉公人がなかなか居つかねえそうだよ。おれはつまり、あの親子にうまくはめられたというわけさ」

「そんなら、もっと早く逃げて来りゃ、よかったじゃねえか。まさか、おめえのために、夜も張番を立てやしめえ」

「それが逃げられねえようになってんだよ。寝る時刻になると、あの熊《くま》親爺が店の内外を残らず見まわってよ。自分で入口に錠をおろして歩くんだ」

「…………」

「一ぺん塀を乗りこえようとしたら、落っこってな。物音に駆けつけて来た親爺に、青竹で尻《しり》ひっぱたかれてよ、見てくんな」

参次郎はいそがしくうしろをむくと、くるりと尻をまくってみせた。大きな青痣《あおあざ》が残っていた。

「こいつはひでえや。よくがまんしたな」

　と芳蔵は言った。

「だからよ、すまねえが二、三日ここにかくまってくんな」

「いいとも、安心しな。ひでえ親爺だ。もしたずねてでも来てみろ。おれが文句言って追い返してやる」

「ありがてえな。持つべきものは友だちだ」

「二、三日などと言わずに、十日でも二十日でもいてくんな。いくらいてもかまわねえんだが、しかしこのままずっとここに隠れているというわけにもいかねえやな。そのあとをどうするかだ」

「音羽の方に、むかしの兄弟子がいるんだ。そこへ行ってみるよ。いくらあの親爺でも、あそこまでは眼がとどくめえ」

　参次郎がそう言ったとき、仕事場の外で、芳蔵のおふくろが、芳蔵、お前にお客さんだよと言った。

「ちょっと行ってくら」

　芳蔵は出て行ったが、行ったかと思うとすぐにもどって来た。青い顔をしている。

　そして芳蔵のうしろから、大きな顔がひょいと仕事場をのぞきこんだ。米屋の利右衛門だった。

「いた、いた」

利右衛門はうれしそうに笑った。

「いやあ、婿《むこ》がいなくなったもんで、おつぎは泣き出す、ばあさんは怒り出すで、大さわぎだよ。人さわがせするもんじゃありませんよ」

参次郎は立ち上がって、きょろきょろと仕事場を見まわしたが、小さい窓が二つあるばかりで、出口は利右衛門が立ちふさいでいるところしかないと知ると、放心したような顔で、また坐《すわ》りこんだ。

その参次郎に、利右衛門は太い指をさし出すと、ぴこぴこ動かして、おいでおいでをした。

「おさんばあさんに聞いてな。お前さんの仲間の家を一軒ずつまわって来たんだ。三軒目で見つかったのは運がいい」

利右衛門に連れ出されて出て行く参次郎を、芳蔵は見送らなかった。仕事場にいて、利右衛門が母親にむかって、おじゃまさんでしたな、おっかさんと、上機嫌に挨拶《あいさつ》する声を聞いた。

不意に窓の外を、ばたばたと人が走った。芳蔵が窓をあけて首を突き出してみると、走って逃げる参次郎を、利右衛門が鼻息を荒げて追いかけて行くところだった。

だが参次郎は角の肴屋《さかなや》の前でつかまった。熊のような利右衛門の手が、しっかりと参次郎の手首をつかみ直すのが見えた。

四

芳蔵は、悪夢を見ているような気がした。二年ほど経《た》った。神田三島町の米屋知多屋の店先で、参次郎が車から米をおろしている。参次郎は米俵をひょいと肩にかつぐと、あぶなげなく腰を決めて、さっさと店に運びこんだ。

ほかに二人、車力と店の奉公人が一緒に仕事をしていたが、参次郎の働きは、二人に見劣りしなかった。二十俵の米を店の隅に積み上げると、参次郎は息を切らしたふうもなく、今度は店の裏に回って、納屋《なや》に入った。

縄を切った米俵を、苦もなく抱え上げると、参次郎は臼《うす》のなかに玄米《くろごめ》をあけ、杵《きね》を踏みはじめた。納屋の中はうすぐらく、杵の音は眠む気をさそうほど単調だったが、参次郎は黙々と仕事をつづけている。

入口に人影が射《さ》したと思ったら、若い女の声が、参次郎さんと呼んだ。振りむくとおつぎが立っていた。

「何か用かい？」

参次郎は仕事の手を休めずに言った。

「用てこともないけど」

「用がなけりゃ、帰ってくんな。こっちはいそがしいんだ」

参次郎はそっけなく言ったが、おつぎはかまわずに中に入って来た。

「お仕事大変でしょ？」

「ああ、大変だよ。一日が終ると、身体がくたくたで、女のことなんか考えるひまもねえからありがてえや」

「あたしのことも考えない？」

「さあ、考えないね」

「おとっつぁんが言ってたけど」

おつぎは参次郎のいやみには構わずに、そばに寄って来た。

「参次郎さんも、どうやら一人前の米屋になれそうだから、今度は店の方に出てもらうんだって。帳面づけを仕込んで、だんだん帳場に坐《すわ》れるようにしなくちゃと言ってたわ」

「一人前だと？　へっ」

参次郎は荒あらしく杵を踏んだ。臼を打ちたたく杵が、すごい音を立てた。

「お米がこぼれるわよ」

とおつぎが注意した。うるせえ、と参次郎は言った。

「おれは米屋になんぞ、なる気はなかったんだ。なんだい、おめえは。親爺《おやじ》とぐるになっておれをこき使いやがって」

「それは何かの考え違いよ」

とおつぎが言った。

「あたしは、おとっつぁんに、参次郎さんを一人前にするんだから、べたべたそばに寄りつくんじゃないって言われたから、そのとおりにしてただけよ。ぐるになってこき使ったなんて、そんな言い方はないわ」

「じゃ、どんな言い方をすりゃいいんだ。いまでこそ馴《な》れっこになったが、はじめの間は肩が腫《は》れ上がってよ、身体はがたがただったんだ。死ぬ思いをしたぜ。一人前にしてもらって、ありがとうございとでも言うかね」

「そりゃ、辛かったと思うわ。あたしも参次郎さんを見てて涙が出たもの」

「ヘッ、調子のいいことを言うぜ」

「でも、おとっつぁんは、参次郎さんのために、よかれと思ってしたことだと思うわ。

だって、いまの参次郎さんをみると、そう思うもの。身体が出来て、男らしくなって」

「冗談じゃねえよ」

参次郎は、杵を踏むのをやめて、台の上からおつぎを見おろした。

「おめえの親爺の肚《はら》はわかってんだ。娘をなぐさみものにした野郎だ、遠慮なくこき使ってやろうってな。みせしめよ。よかれと思ってしただと？　利《き》いたふうなことを言ってもらいたくねえな」

「………」

「おれだってバカじゃねえや。それぐらいのことはすぐにわかったぜ。だが腕じゃ、あのクソ親爺にかないっこねえ。いまに見てろって、辛抱して来たんだ。いまに、このお礼はしてやるぜってな」

「いまもそう思ってるの？」

「そうよ、あたりきよ」

参次郎はどなった。

「身体がでけえの、何のったって、あいつも年だ。いまにあの親爺を叩《たた》きのめして、おれはこの家を出て行く」

「そう」

おつぎがつぶやくように言った。おつぎは肩を落とし、顔からみるみるかがやきが失なわれて行くように見えた。

「そういう気持なら、待つことはないわ」

おつぎは参次郎を見ないで言った。

「どうぞ出て行ってくださいな。おとっつぁんにはあたしから言うから」

「おい、待ちな」

と参次郎は、くるりと背をむけたおつぎに声をかけた。しかしおつぎが立ちどまらないので、参次郎は台をとびおりて後を追い、納屋の入口でおつぎをつかまえた。

「ちょっと、待ちなって」

「はなしてよ」

おつぎはつかまれた肩を振った。

「あたしと話すことなんか、何もないでしょ？　あんたは、これっぽちも、あたしを好いてくれたわけじゃなかったんだから」

「そりゃ、ま」

と言ったが、参次郎はうろたえていた。おつぎに、出て行っていいと言われたとき、参次郎はふともとの遊び半分の暮らしにもどることが、少しもうれしくないのに気づいたのだった。

この二年間の暮らしにくらべれば、それはまるで霞《かすみ》のように頼りない、暮らしともいえないほど危うげなものに思われた。それにここ二年の辛抱がもったいないとも思った。こういう仕事こそ、男一人前の仕事というものだった。ちょこちょこっと筆作りをして、倦きればやめて、女をひっかけて遊んでいたころは、男一人前の仕事をしていたとは言えない。

「もったいねえや」

「え?」

参次郎の腕からのがれようとしていたおつぎが、動くのをやめて参次郎の顔を見た。ぷくりとふくれた赤い唇が、参次郎の顔の下にあった。

十人並みにやっとという顔の造作は変えようがないが、二年の間におつぎも女らしくなっていた。白い皮膚の下に血の色が透けて見え、身体そのものが果実のように白く匂《にお》っている。

「こんないい女を捨てて出て行くのは、もったいねえと言ったんだよ」

おつぎを抱いた腕に力をこめながら、参次郎はひさしぶりに女たらしのせりふを口にした。二年間、女から遠ざかっていた火照《ほて》りが身体を駆けめぐっている。参次郎はたくましい腕でひょいとおつぎを抱き上げると、空俵を積んである納屋の奥に歩いて行った。

「あたしだって、そう金がつづくはずはないんだから、みんなにも考えてもらわなくちゃ」

蠟燭《ろうそく》問屋の若旦那《わかだんな》信太郎がそう言ったとき、「おさん」の入口に人影がさして、まっすぐみんなのたまり場に近づいて来た。

「こりゃ、めずらしい」

便利屋の直吉が、とんきょうな声を出した。

「参次郎だぜ。こいつはおどろいた」

「やっと逃げて来たかね」

と檜物《ひもの》職人の芳蔵が言ったが、芳蔵はじろじろと参次郎を眺めまわしたあげく、違うようだな、とつぶやいた。

参次郎は、小ざっぱりした縞《しま》の袷《あわせ》を着て、手に風呂敷《ふろしき》包みを下げている。髪もさっぱりと結い上げ、身体がひとまわりたくましくなっていた。どこからみてもぱりぱり働いている商人というふうに見える。

「おめえ、どうやらあの米屋に居ついたらしいな」

「まあな」

参次郎は苦笑してみんなの顔を見た。

「子供が生まれるんだ。今日はちょっと商売で外に出たから、懐《なつか》しくなってここをのぞきに来たよ」

「たらしの参次も、あれが運の尽きだったな、かわいそうに」

と直吉が言った。

「そうそ、あれが運の尽きだった」

と言ったが、参次郎は懐しいむかしの仲間が、以前よりおしなべて人相が悪くなっているように思え、少しとまどいながら、釜《かま》の方にむかっておれにもお茶をくれないかと言った。

捨てた女

一

土間に降りて、行ってくるぜと言うと、ふきが台所から顔を出した。

「早く帰ってきて」

とふきは言った。いつも、寸分ちがわない同じせりふを言うところに、ふきの頭ののろさがあらわれている。

「わかってらあな」

信助はそう言うと、突っ立っているふきを板の間にすわらせ、その頭をちょっと抱いた。ふきはじっとしていた。

信助は戸をしめて外に出た。ふきは、信助がいつものように賭場《とば》に遊びに行くと思っているが、信助はこのときふきを捨てたのだった。

薄闇《うすやみ》に包まれた裏店《うらだな》の路地には、靄《もや》のようなものがただよい、家家の窓から洩《も》れる灯あかりが、にじむようにその白いものを照らしていたが、人の姿は見えなかった。

もっけのさいわいだと、信助は思った。ふきに未練はなかった。三年も一緒に暮らしてもう倦《あ》きあきしていた。

ふりむきもせずに、木戸を通り抜けた。足どりは軽い。新しい女が待っていた。その女は、ちゃんとした表店に住んでいるうえに小金を持ち、むろんふきなどはくらべものにならない、イカす女だった。熟れている、といつも信助が思うような女だった。

信助は歯みがき売りだった。だが、その触れ売りで金をため、なにか商売をはじめようなどという気は、まったくなかった。死んだ父親が歯みがき売りをしていたから、その仕事をうけついだまでである。

頭に頭巾《ずきん》をのせ、肩から緋《ひ》ぢりめんの紐《ひも》で箱をさげた恰好《かっこう》は、若い信助をいなせに見せた。その上に信助は触れ声に工夫を加えた。

エー、おはようございという声を、喉《のど》で低くつぶし、細く長く吐き出すようにした。父親から受けついだ歯みがき売りに、年季が入る間に、信助のつぶし声は遠くまで徹《とお》り、その声を聞いただけで、信助だとわかるようになった。

とくい客がついた。そういう家では、品物が切れても、ほかの歯みがき売りから買わずに、信助が行くのを待ってくれた。

歯みがき売りは、朝の早い仕事である。その仕事を、父親が死んだ十六の年からずっとつづけて来たのだから、信助は働くのがきらいな怠け者というわけではない。

だが昼は何もせずに、あちこちをぶらついて遊んだ。母親が仕立物の内職をしていたから、それで十分喰えたのである。

だが日中に、仕事を持たずに遊んでいれば、つき合う相手はおのずから悪《わる》と相場が決まってくる。

信助の家は、幡随院《ばんずいいん》横の下谷《したや》山崎町にあった。裏店の木戸を出ると、幡随院の塀が見える。その家から、信助は浅草寺《せんそうじ》裏の奥山に遊びに通った。

奥山には見世物小屋や矢場が、隙間《すきま》なくならんで客を呼んでいる。あつかましい矢場女などは、遊ぼうかどうしようかと迷っている客をみると、手をつかんで店の中に引っぱりこんだ。中にはすばやく腰の煙草《たばこ》いれをひったくって、客が店に入るほかはなくしてしまう悪質な客引きもいた。

信助が、そういう場所で、金がありあまって昼日中から遊びに困っているような道楽息子や、その取り巻きの男たちと知りあうのに、それほど日にちはかからなかった。取り巻きの男たちの中には、ひそかに賭場に出入りして、禁制の博奕《ばくち》に手を出している者もいた。

浅草寺の奥の山之宿《やまのしゆく》に、いつも同じものを吊《つる》しているような、はやらない古手屋がある。その裏手にある納屋《なや》が、集まる人数は少ないが本式の賭場になっていた。信助は、奥山で知りあった男に連れられ、時どき賭場をのぞきに行った。だが、盆の勝負には加わらなかった。

奥山で遊んでいる分には、金がなければ誰かが払ってくれた。一回分の矢代は、歯みがき粉を一袋売れば出る。茶代の方が高かったが、馴染《なじ》みの店に行くと、茶はいらねえよなどと言って済ますことも出来た。そのうち遊び仲間が来ると、矢場女をからかって半日もわいわいさわいだあげく、誰が金を出したともなく払いは済んでしまう。

だが賭場は、そういうわけにいかなかった。集まってくる連中は、金に身体《からだ》を張っていた。自前の金、それもある程度まとまった金がいることがわかった。

その金がなかったこともあるが、そのころの信助は、まだ堅気の暮らしからはずれることを恐れていたのである。賭場には、信助の気持を強くひきつけるものがあった。そこには、矢場の遊びなどとくらべものにならない、底の深い楽しみが隠されているように思えた。だが母親が死ぬと、信助はあっさりとその禁を破った。母親が死んだあと、残したものをしらべている中に、簞笥《たんす》の奥に小金をためこんでいるのを見つけたのである。数えてみると十両近くあった。

使ってもかまわない、余分な金だと信助は思った。信助は賭場に行って、小さな金を賭《か》けた。勝負は勝ったり負けたりしたが、元手の金が、すっからかんになるほどのことはなく、その金は減ったりときにふえたりした。そういう場所に、ちょくちょく顔を出しながら、信助は歯みがき売りの仕事を休まずつづけた。

江戸っ子はおしゃれで、歯が白いことも粋《いき》のひとつと心得ていたから、商売がとぎれるようなことはなかった。房州砂を入れた歯みがき粉を売り、相かわらず矢場にも遊びに行った。二十四でひとりになった信助は、したいようにして生きていた。

ふきをはじめて見たのは、矢場に遊びに行ったときである。ふきは客が射たはずれ矢をひろい集める、矢返し女だった。

二

「おい、やめろよ」

信助は、ならんで矢を射ている仲間に、けわしい声をかけた。

「なんでだい？　あの女、臀《しり》がでかいから狙《ねら》いでがあるぜ」

矢をひろっているふきの臀に、さっき矢をあてた男は、にやにや笑いながら、二の矢をつがえようとした。

矢返しの女たちが、しゃがみこんで的の近くに落ちているはずれ矢をひろい集めているときに、客はその臀をねらって矢を放つ。矢の先は金具がついているだけで、刺さるようなあぶないものではないから、それも遊びのうちだった。

女たちも心得ていて、馴《な》れた女はわざとこれみよがしに客に臀をむけ、客が射かけると臀を振ってたくみにかわした。わざとかわしそこねて、はでな声をあげ、客を喜ばせたりもする。そういうことも、店の人気取りのひとつになっていた。

「あの女はやめろって言ってんだ」

信助はなおもけわしい口調で言った。

「ろくにかわしも出来ねえ女にあてて面白がるなんざ、ガキのすることだぜ」

「なんでえ。なに怒ってんだい。誰にあてようと、おれの勝手じゃねえか」

相手はそう言ったが、信助のけんまくに押されたように、気のないそぶりで的の方に矢をむけかえ、弓をひきしぼった。

信助は弓を投げ出すと、そばについている女に、あれを頼むぜと言った。女は立って行って、店の奥から新しい土瓶《どびん》を持って来た。

矢場では酒は出してはいけないことになっているが、馴染《なじ》み客には、茶を出すふりをして、こっそり酒を飲ませる。土瓶の中身は酒だった。

「どうしたのさ、さっきは。急にいきり立って」

酒をつぎながら、女が言った。おひろという女だった。細おもてで、立ち姿のきれいな女である。年は二十を越えているようだったが、店では人気がある方だった。

おひろは矢をひろったりしない。客のそばについて、矢箱から矢を渡したり、茶を入れたりする。客に誘われれば、料理屋に寝に行く女でもあった。信助も、博奕《ばくち》で勝ったあと、二、三度この女と寝た。その花代も店のみいりになるのである。

「おれは、ああいうの嫌いなんだ」

信助はちらと的場の方を見て言った。またひとしきり矢が飛んで、はずれの太鼓が鳴っている。ふきの姿は見えなかった。

「お臀に矢を射かけることかい？　あたいもきらいさ。いくら商売だからって、臀をむける女も女、あててはしゃいでいるお客もお客だと思うわよ」

「そうじゃねえよ」と信助は口ごもった。

ほかの女はどうということもなかった。矢返しの女の中には、矢を射かけられて結構それを喜んでいるすれっからしもいるのだ。そして信助もたまにはそういう女の臀をめがけて、矢を射かけることもある。

だが、ふきが的のあたりをうろうろしていると、信助はなぜか腹が立った。ふきはいかにも動作がのろい。

そののろさが、ふきが頭が悪いせいだということを、信助はふきをはじめてこの矢場で見かけた半月前に見抜いていた。ほかの客にも、それはわかっているはずだった。それなのに客は面白がってふきの臀を狙《ねら》い、ふきはふきで、矢場の女主人に言いふくめられているのかその矢を避けもせずわざと鈍重な臀を客の眼にさらすような身ぶりさえするのだ。

信助は、ほかの客と一緒になって、ふきの臀に矢をあてる気にはなれなかった。客にも腹が立ち、いいように矢をあてられてうろうろしているふきにも腹が立つ。ただ腹が立つだけではなく、心の中に耐えがたいような気分が動く。

信助がそう言うと、おひろは笑い出した。

「おどろいた。そんなに腹が立つかねえ？」

「おれは因果者の見世物は嫌《きれ》えなんだ」

「でもああいううすらバカみたいな子は、どこへ行っても一人ぐらいはいるものよ」

おひろはそう言ったが、ふと思いついたように信助の顔をのぞきこんだ。

「あんた、あの子を好いてんのかしら？」

「じょうだんじゃねえぜ」

信助は顔をしかめた。そんなことは考えてみたこともない。

「それほど女に不自由してねえや」

「それもそうね。モテすぎて困るほどのひとだもんねえ。こないだ紅梅のおなつさんと浮気したんだって？」

「あの子、どっから来たんだい？」

信助は、また的場に出て来た矢返しの小女たちを見ながら言った。ふきののろい動きはやはりひときわ目立つ。

「ふきちゃんのこと？」

「ああ」

「寺島あたりの在から来たって言うけどね。くわしいことは知らないよ。でも、親は喜んでんじゃないの」

「…………」

「どうせ家においたって、あれじゃ自分の喰い扶持《ぶち》もかせげないもんね。頭がのろいんじゃ嫁にもらい手もないだろうしさ。それがこういうところで飯を喰わせてもらって、たとえ一両でも二両でも、前借が出来るとしたら、親は御《おん》の字じゃないの」

「…………」

「あたいの家は品川の貧乏職人だけどさ。畳屋やってんだよ。それで子供だけはごちゃごちゃいるわけ。親は自分がこしらえちゃったくせに、そうなるとあわ喰っちゃうんだよね。そういう親の気持はよくわかるんだよ、あたい」

「そんなもんかね。おれんちは一人だったからわからねえが」

「そんなもんよ。それで働けるようになると順ぐりに家を出てさ。どっかに身売りしてあとに残った弟や妹までやしなうんだから、ばからしいったらありゃしないよ」

おひろは、信助の茶碗《ちゃわん》に土瓶の酒をつぎ、ところで、今夜はどうする気なのさ？と流し目を送って来た。

いつの間にかうす暗くなって、矢場の中では行燈《あんどん》に灯を入れはじめていた。

三

信助が朝早くふきを見かけたのは、それから二、三日あとだった。

その朝信助は、花川戸から山之宿《やまのしゅく》、聖天《しょうてん》町と街道筋の町町を流し、山谷《さんや》堀《ぼり》にぶつかったところで馬道の方に回った。馬場から浅草寺の境内裏に入ったのは、そこで商いをしようというわけではなく、近道をして家にもどるつもりだったのである。それでも矢場のあたりに通りかかると、信助の口からいつもの低くよく徹《とお》る触れ売りの声が洩《も》れた。

矢場が軒をならべているあたりは、まだしんとしてひと気がなかった。矢場は、早い店は五ツ（午前八時）には店をあけるのだから、中では人が起きているかも知れなかったが、それらしい物音も聞こえず、秋の日射《ひざ》しが並んだ板戸の上を這《は》っているだけだった。空気は冷えてもう夏が終ったことを示していた。

エー、おはようございい。信助は半ば習慣で歩きながら小さく口を動かした。そして矢場のはずれまで来たとき、紅梅という店の羽目板のところに人がうずくまっているのが見えた。

信助は足をとめた。人影は信助をみると立ち上がった。ふきだった。ふきは両手をたらしたまま、茫然《ぼうぜん》と信助を見ている。

「どうしたい？」

信助は近づきながら声をかけた。

「おめえは住み込みだろ？　家ん中を手伝わねえでもいいのか」

矢場の女たちは、大てい通い勤めだった。店があく五ツごろになると、このあたりはそういう通いの女たちで急ににぎやかになる。だが家が寺島の奥にあるふきは、矢場の二階に住まわせてもらっているのだと、おひろに聞いていた。

だがそう言いながら、信助はふきの様子がおかしいことに気づいていた。手を出して、信助はふきの着物にさわってみた。じっとりと湿った感触が、指に触れた。

「おめえ、ゆうべしめ出しを喰ったな」

「………」

「なんかそそうをしたらしいな。なにやったんだね」

だがふきは答えずに、黙って眼を伏せていた。ふきはまだ十七ぐらいだろう。小柄だった。小柄なわりにぽっちゃりと肉づきがよく顔も丸顔だった。左の眼が心もちすがめだった。その表情のとぼしい顔に、ひとはけ撫《な》でたように、悲しげな色がうかんでいる。

「飯はどうしたい？　ゆうべの飯は」

ふきは顔をあげて、その問いにだけ、強く首を振った。突然にふきの眼に涙が噴き出て、丸い頰をつたった。飯を喰っていなかったことを思い出して、にわかに悲しみが溢《あふ》れて来たというふうだった。

「来い。おれが話をつけてやる」

信助は荒あらしくふきの手をつかんでひっぱった。ふきが臀に矢を射られているのを見るときに感じるのと同じ腹立ちが、信助をとらえていた。はじめておひろを外に連れ出したときに会った、矢場のおかみの顔を思い出していた。

女たちにおっかさんと呼ばれている四十過ぎの女だ。痩《や》せて、狐《きつね》のように白くとがった顔をし、長ぎせるで煙草《たばこ》を吸っていたあの女が、ふきをこんなめにあわせたらしい。

だが、信助に手をひっぱられてついて来たふきは、自分の店が見えるところまで来ると、急に足をふんばって信助の手からのがれようとした。

「どうした? おれがついて行くから、おめえもひと文句言ってやんな」

「だめ。こわいよう」とふきは言った。ふきの顔には、つよい恐怖があらわれている。

——せっかんされたらしいな。

と信助は思った。そう思ったとき、信助の気持も急に萎《な》えた。ふきをせっかんしたのが誰か、見当がついたのである。

おかみは、二十ぐらいの娘と二人で暮らしていたが、そのほかに旦那《だんな》と呼ばれている男がいた。旦那は時どき外からやってくるらしかった。店に出てきて、弓をひいて遊んでいることもある。

あのひとがそうだ、とおひろが言ったその男は、まだ三十半ばで、青白い顔に険のある男だった。面白くもなさそうに黙黙と弓をひいていたのが記憶に残っている。信助には、ひと眼でその男が堅気でないことがわかった。

――こいつは、うっかりどなりこんだり出来ねえぜ。信助は弱気になったが、そうかといってふきを捨てて帰るわけにはいかないと思った。信助にも意地があった。

「じゃ、一緒に来な。飯ぐらい喰わしてやるぜ」

と信助は言った。信助がさきに立って歩き出すと、ふきはうしろからついて来た。ふきは歩きかたまでのろく、信助がべつにいそいでいるわけでもないのに、すぐおくれては小走りに追いついた。そのたびに信助は立ちどまって待たなければならなかった。

道には仕事に出かけるらしい人の姿が、少しずつふえて、歯みがき売りと小娘の二人連れを、じろじろと眺めながら通りすぎた。裏店《うらだな》でも、顔を洗ったり、米をといだりしていた女たちが、二人を見ると話をやめていっせいに二人を見送った。いずれ評判になるだろうな、と信助は思った。

家に入ると、信助はたらいに水を汲《く》んで、ふきに顔と手足を洗わせ、自分は飯を炊《た》きにかかった。飯を炊き、器用に青菜をきざんでみそ汁をつくり、つけものを出した。お膳《ぜん》や椀《わん》は、死んだ母親の物を使った。

「うめえか」

夢中になって喰べているふきに、信助は声をかけた。ふきが顔をあげてうなずいた。そしてこぼれるようなわらいを、顔にうかべた。顔だけでなく、ぽっちゃりと肉がついているふきの身体全体がわらっているようだった。

信助も箸《はし》をとめてわらった。こんなに気持よくわらったのは、ひさしぶりだな、と思っていた。

「たくさん喰べろ。遠慮はいらねえぜ」

と信助は言った。

「喰べたら、夜具を敷いてやるから、ひと眠りしな。あとのことは、おれにまかせときゃいい。心配することはねえぜ」

夜具を敷いて、着がえの浴衣《ゆかた》を出してやると、信助は台所に立って後を片づけた。ついで米びつをのぞいてみると、中身が残り少なくなっていた。

米屋の女房に白粉《おしろい》をたのまれていることも思い出し、信助は歯みがき入れの箱から白粉を出すと、米を入れる袋を持って外に出た。仕入先の小間物問屋で、信助は白粉や紅を仕入れ、歯みがき売りで顔なじみになった女房たちに、小まめに売りさばいた。町の小間物店で買うよりも安いので、女房たちはけっこう喜んで買った。

米を買ってもどると、信助は寝部屋をのぞいた。ふきは眠っていた。すすけた障子窓を通す淡い光の中で、ふきは顔を横にむけ、小さく口をあけて眠っていた。まだあどけないところが残っている顔だった。

——夕方までに帰せばいいだろう。

と信助は思った。夕方一緒に連れもどってあの狐面《づら》のおかみに詫《わ》びを入れてやろう。金をたっぷり使う上客というわけではないが、一応は常連で顔が通っているおれが、そのぐらいのことをしたからといって、目くじらも立てまい。もともと非は先方にある。ひと晩しめ出しを喰わせやがって、あの婆《ばば》アと信助は思った。

ふきのような娘にも、ゆっくりやすめる場所というものがいるのだ。そうでなくて、うろうろと臀《しり》に矢をあてられたり、飯も喰わずに夜、外にほうり出されたりして生きていなければならないとしたら、やりきれねえじゃねえか。

信助がそう思うのは、ふきが頭ののろさのために、そのやりきれなさを、おそらく人の半分も感じとれずに、おろおろと生きているように見えるからだった。

——夕方まで、ゆっくりやすませてやろう。

信助は、自分もふきが寝ているそばの畳に横になりながら、そう思い、自分のその考えに満足した。そうしてふきの眠りに釣りこまれたように眠った。ゆうべも遅くまで賭場《とば》にいて、疲れていた。

眼をさますと、ふきが目ざめてこちらを見ていた。そして信助が目ざめるのを待っていたように、にこにこと笑いかけた。無邪気と言ってもいいような笑顔で、ぽっちゃりした笑顔はかわいらしかった。

「ゆっくり眠れたか」

信助が言うと、ふきははいと言った。

「ちょっと、うつぶせになってみな」

信助は、ふと思いついてそう言った。ふきはけげんな顔をしたが、もそもそと身体を動かして床の中でうつぶせになった。

信助は起き上がると、ふきを包んでいるうすい上布団《ぶとん》をめくった。そしてふきが着ている浴衣の裾《すそ》に手をかけ、いきなり腰までまくりあげた。臀がまる出しになった。

ふきは顔をうしろに回し、あわてたように起き上がろうとしたが、信助が片手で背中をおさえるとぐっと変な声を洩らして静かになった。

思ったとおりだった。ふきの臀は青いあざだらけだった。信助の胸に腹立ちがもどって来た。矢返しの女たちは、大ていひとつや二つ臀に矢をあてられたあざを持っているはずだった。だがこんなにあざだらけの女なんぞ、いるもんじゃない。

信助はふきの臀をなでた。ふきが、ぴくっと身体をふるわせた。そのときには、信助の心の中に、腹立ちとは別のものがしのびこんで来ていた。

それまで信助は、ふきをなんとなく子供のように考えていたのだ。だが信助の眼にさらされているのは、一人前の女の臀だった。白く、丸味をおびた豊かな臀だった。のみならずさわった手は、娘ざかりのしっとりした脂《あぶら》の感触を伝えてくる。

信助は、不意に荒あらしい手つきで、ふきの身体をひっくり返した。そのときになって、ふきは猛然とあばれたが、後のまつりだった。

「こんなつもりで、おめえを連れて来たわけじゃねえぜ。おれはただ……」

終って背をむけたふきの顔を、うしろからのぞきこみながら信助はささやいたが、その言いわけの言葉をとちゅうでのみこんだ。背をむけて横になったまま、じっと宙に眼を据えているふきの顔に、頭がのろい女とも思えない、もの思わしげな表情がうかんでいるのに、胸を衝《つ》かれたのだった。

――えらいことになったぜ。

これじゃまるで、頭の働きがにぶい娘をていよくだまして連れこみ、なぐさんだことになる。そのうしろめたさで、胸がいっぱいになった。

そうかと言って、このままふきと一緒に暮らすなどということは、思いもよらないことだった。信助は気ままに一人暮らしを楽しんでいたが、所帯を持つ気になれば、ふきよりはましな女がいくらもいるのだ。げんにふきと同じ店にいるおひろなども、所帯を持とうといえば喜んでくるに違いない。

——やっぱり、夕方には帰そう。

そのかわり、ふきには少し金をやろうと信助は思った。

だが夕方になっても、信助はふきを連れ出さなかった。晩飯をすますと、信助はふきを床の中に誘った。ふきも、昼のようにこばんだりせずに、黙って床に入って来た。

——あんな、臀があざだらけになるようなところに帰せるもんか。

ふきを抱きながら、信助はそう思ったが、それがもう言いわけにすぎないことは、自分でもわかっていた。ふきの若い身体は、男にすれたおひろなどが持っていない、信助をひきつける魅力を持っていた。

ふきを抱いている手に力をこめると、ふきは従順な犬ころのように、信助の裸の胸に顔をこすりつけて来た。

四

ふきを雇っている白猫という矢場のおかみと話をつけるのに、信助は賭場《とば》の人間を頼んだ。秀次郎という三十ぐらいの男で、客ではなく、貸元側の人間だった。

「わけはねえよ。金を三両ほど用意しな」

と秀次郎は言った。その金がどう使われたかは知らないが、信助は間もなく秀次郎に呼び出されて一緒に白猫に行き、おかみと旦那《だんな》と呼ばれている例の男に会い、そこで話がついた。

ふきの親は、金をにぎると、小猫を捨てるようにふりむきもせず、あわただしくふきをそこに置いて行ったということで、奉公の書きつけらしいものもなかった。そして話合いでも、念書がどうこうという面倒なことはいらなかった。秀次郎という、賭場で飯を喰っているような人間が間に立っただけで十分のようだった。

「お前さんも物好きだねえ」

矢場のおかみは、話が終ってからそう言った。その口ぶりには、ふきをもてあましていた感じが出ていて、信助にこれじゃ秀次郎を頼むこともなかったかな、と思わせたほどだった。

ともかくそれでカタがついて、ふきは信助と一緒に暮らしはじめた。動きはのろく、たどたどしいながら、ふきは台所仕事も、家の中の掃き拭《ふ》きも出来た。そして大飯を喰った。信助よりもよけいに喰うことがあった。

その様子を見ながら、信助はふきが矢場でも、家でも不しあわせだったわけがわかったような気がした。

これだから親は、雇ってくれるところがあったのをもっけのさいわいと、ふきを矢場に押しつけたのだろうし、押しつけられた矢場では、ふきをもてあましたに違いない。

そういうことを、ふきは時どき思い出すらしく、殊勝に箸《はし》をひかえるそぶりを見せることがあった。もっと喰え、と信助は言ってやる。するとふきは、顔を輝かせて言うのだ。

「喰べて、いい？」

「いいとも、遠慮はいらねえよ」

ふきが一心に物を食べている様子をみるのが、信助は好きだった。ふきのしあわせな気分が、こっちにも伝わって来るからだった。

ふきの心配は、そのしあわせがいつ終るかということのようだった。ひとつの布団《ふとん》の中で信助に抱かれながら、ふきは時どきふっとその心配を口に出した。

「ここに、いつまでいていいの？」

「ずっといたらいいさ」

信助はひたひたとふきの背を叩《たた》いてやる。

「なんだったら、ばあさんになるまでいたらいい」

ふきはくすくす笑い、それで安心したように信助の胸にとりすがって眠りに落ちるのだ。

そういうとき信助は、それだっていいじゃないかと思うのである。裏店《うらだな》にはいろいろな夫婦がいた。四十に手のとどく女が、まだ二十代の男と一緒に暮らしていたり、二人とも眼の見えない夫婦がちゃんと子供を育てて仲よく暮らしていたりする。

ふきがどうやら頭の働きがのろい女らしいということは、すぐに裏店の連中に知れたようだったが、それもいっとき井戸端の話の種になっただけで、間もなく人びとはそんなことを気にかけなくなった。ふきはいまでは、少しバカにされたりかわいがられたりしながら、けっこう女たちの話の仲間に入れてもらっているようだった。

だが信助の暮らしの方に、少しずつ前とは違ったものが入りこんで来ていた。前はほどほどに遊んでいた博奕《ばくち》に身が入り、歯みがき売りの仕事を休むようになったことである。

きっかけは秀次郎だった。あるとき信助は、秀次郎にいかさまを手伝えと誘われた。それは賭場の者と客が組んで、喜兵衛という木綿問屋の主人を裸にする、大がかりないかさまだった。

喜兵衛という年よりは、そのいかさまにひっかかって大穴をあけ、店がつぶれたが、その手伝いで信助は十両という大金をもらった。いかさまに加わったうしろめたさは、その大金が手に入ったときに消しとんだ。

そのころから信助は、賭場に通う夜がふえ、賭《か》ける金も大きくなった。大損して懐《ふところ》が空っぽになるとはげしい後悔に襲われたが、大儲《おおもう》けするとそのときの後悔も忘れてうちょうてんになった。そういう暮らしがつづくと、一袋六文の歯みがきの粉を売り歩くことがばからしくなった。長い間の慣れで、朝は早く眼がさめたが、起き上がる時刻が来ても起きあがらずに、ふきをつついて眼ざめさせ、その身体の上にのしかかって行ったりした。

少しずつ暮らしが荒れてきた。堅気の暮らしからすべり落ちるところだな、と信助は思った。だが引き返すには、あまりに遠いところまで来てしまったことに気づいてもいた。

ふきをはじめて殴りつけたのは、賭場ですっからかんになり、翌日むかしの悪い仲間を回って、借り集めた金で勝負をかけ、それもきれいにむしり取られた晩だった。秀次郎に泣きついたが、軽くあしらわれた。

帰ると、ふきがお米は？　と言った。米がなくなっていたが、信助は金を渡さなかった。なあに、ごっそりもうけてよ、帰りにゃ米屋を叩き起こして俵かついでくるから、待ってな。信助は夕方そう言って出かけたのだ。

「クソあまあ、飯ばっかり喰らいやがって」

信助に殴られると、ふきはよろめいて畳に倒れた。そして恐ろしいものを見るように信助を見あげた。

「なんでえ、その眼つきは」

うすのろが一人前にさからうじゃねえか、と信助はたけり狂った。ふきを足蹴《あしげ》にし、火鉢を蹴とばした。そうしながら、あのときは半だったのだバカめが！　半目に張りゃ賭け金は倍になってもどったのだ、と自分を罵《ののし》っていたのである。

「ただ喰って寝てねえで、てめえも稼《かせ》げ。このうすらバカが」

言い捨てて信助は外にとび出した。

だが人気《ひとけ》もない暗い町を、うろうろと歩き回っているうちに、怒りはすぐにおさまった。そしてこれまで口にしたことがない、ふきの弱味をならべ立ててしまった後悔が、胸を刺してきた。

信助はあわてて家にいそいだ。うすのろと罵られたふきが、家を出はしないかと心配になったのである。

だがふきは家にいた。行燈《あんどん》のそばに、入口に背をむけてちんまりと坐《すわ》り、信助が入って行っても振りむかなかった。

「悪かったよ」

信助はうしろからふきの肩を抱いた。

「あんなこと言ったのは、金をまきあげられて気が立っていたからさ。うすのろなんかじゃあるもんか。気がやさしくってよ。かわいい女房だぜ」

顔を近づけると、ふきの首筋から風呂《ふろ》に行って来た香がにおった。信助は衿口《えりぐち》からふきの胸に手をすべりこませ、ふくらんだ乳房をにぎった。堅くすくめるようにしていたふきの身体がだんだんにやわらかくなった。

それから二人は、台所をさがしまわって、菜っぱや山芋、にんじんの切れはしなどをあつめて、ごった煮の汁を作った。喰べながら、二人は顔を見あわせて笑った。

「おいせさんに頼んで、あたいに出来る仕事を、さがしてもらうよ」

ふきは考え考え言った。ふきが、自分に出来ることと言ったのが、信助の胸を打った。信助はにがい顔をして言った。

「いいってことよ。無理すんな、さっきのことは本気で言ったことじゃねえよ」

だが、一度手をあげてしまうと、ふきを殴りつけることは平気になった。金もなく、近所から借りて来てやっと喰いつなぎ、もちろん賭場にも行けず家にくすぶっているようなとき、信助は不意に荒れ出した。ふきがのろい手つきでやっと張りおえた内職の団扇《うちわ》を、足で踏みやぶったりした。

そして泣き出したふきを、うるせえ、うすのろが黙れと罵って殴った。そうしながら、このままじゃどうしようもないな、とちらと思った。だがそう思っても、心をあらためて歯みがき売りに精を出そうという気は起きなかった。

そしてじっさいに、金を借りてそのままになっている男たちが、夜となく昼となく信助をつけ回し歯みがき売りという気分ではなかったのである。おはつという女には、そういうときに出会ったのだった。

あるとき信助は、歯みがきの粉を仕入れに行く神田の小間物問屋の主人に会って、借金を頼みこんだ。父親の代からの仕入れ先で、気心も知れていると言っても、借金を申しこむ相手ではなかったが、信助はその時分には眼が見えなくなっていた。博奕の元手を手に入れるためなら、どんな小さなつながりにでもしがみつく気になっていた。

もっとも問屋の主人は、あけっぴろげで気のいい人間だったから、信助が前のように仕事に精出していたら、少しぐらいの金は貸したかも知れない。だが主人は、信助のこ一年ほどの仕事ぶりを見ていた。ぴしゃりとことわった。

問屋を出ると、信助は肩をおとして神田の町を歩いた。八方ふさがりだと思っていた。するとうしろから、女が声をかけてきた。ふりむくと、さっき問屋の主人に借金話を切り出したとき、店の横の方に腰かけていた女だった。それがおはつだった。

「だいぶ困ってるようだね」

おはつは、からかうような笑いをうかべてそう言った。そしてむっとしかけた信助の鼻先を押えるようにつづけた。

「さっきの話、あたしが相談に乗ってもいいんだよ」

信助は改めて女を見た。垢《あか》抜けた女だった。黒眼が、男心をさそうようにいきいきと光り、しみひとつない白いきれいな肌をしている。年は信助と同じぐらいと思われた。

「もっとも、赤の他人なんだから」とおはつは肩をならべながら信助の顔をのぞきこんだ。「ただ貸してあげるってわけにゃいかないけどね。あたしのお店を手伝ってくれるっていうことでどう？」

女は深川の伊勢崎《いせざき》町で小間物屋をしていると言った。あんたの素姓は美濃屋さんから聞いた、と問屋のことを言い、店に男手が欲しいが、適当なひとがいなくて困っている、とも言った。

悪くない話だった。悪くないどころか、降ってわいたようなうまい話だと信助は思った。信助は、そいつはありがたい話だ、おれもうかりもしねえ歯みがき売りに倦《あ》きが来ていたところだと、調子をあわせた。

その日のうちに、伊勢崎町の女の家に行った。そして女が、店をやる人間よりも、男を欲しがっているのだということをすぐに見抜いた。女は亭主に死なれたとかでひとり身だった。店は思ったよりも小さく、小僧一人と年よりの女中がいるだけだったが、ほかに人手が要るようでもなかったのである。

女と出来るのに、日にちはかからなかった。早く移って来いという女をなだめながら、信助は女から金を引き出して賭場に通った。だがそうしている間に、腹は決まって、ふきを捨てるうしろめたさも、だんだんに消えて行った。かわりに、女の亭主におさまって、のうのうと遊びくらしている自分の姿が思いうかんで来て、信助はふきの前でほくそ笑みたくなる自分を押えるのに苦労したのである。

女と知りあって半月ほどしかたっていなかった。だがふきを捨てて家を出たとき、信助には、ふきも裏店も急に色あせたものに思われた。

五

おはつは酒の支度をして待っていた。

「どうだった？」

「何がよ」

「おかみさん」

「ちぇ、おきやがれ」

信助はいせいよく言った。

「かみさんて柄じゃねえや。半人前のうすのろさ」

「そんなこと言うもんじゃないよ」

おはつは銚子を持ったまま、にじり寄って来た。

「そんなこと言うけどさ。三年も一緒に暮らしたんだもの。情が移って別れ辛《づら》かったんじゃないのかい？」

「冗談じゃねえよ」

信助は女の肩を抱いた。ふきの肩とはまた違った、やわらかく手のひらの中でとけるような肉づきだった。

「さっぱりしたもんさ。これで縁が切れたと思うといい気分だ」

「あたしも悪い女だねえ」

おはつは殊勝にため息をついた。だが信助にもたれかかって下からのぞいた眼には笑いが動いていた。

「でも、こうして来てくれたんだから、小博奕《こばくち》を打つぐらいの金は、不自由させないよ」

「え？」

信助は狼狽《ろうばい》しておはつの顔を見た。

「知ってんだよ、あんたが博奕を打ってることぐらい」

「…………」

「借金があるの、仕入れの金だのって持って行ったけど、あれみんな博奕に使っちまったんだろ？　はじめからわかってたんだ。あんたの身体からそういう匂《にお》いがしたもの」

「知られてたんじゃ、いっそ気楽と言うもんだ」

と信助は言った。そう言ったとき、自分がかなりの悪党になったような気がした。

信助は女の肩を抱いたまま、片手で盃《さかずき》の酒をのませてやった。

女は酒をのみ干すと、銚子《ちょうし》を膳《ぜん》の上に置いて、両手を信助の首にまいた。

「そういうあんたが好きさ。でも、浮気しちゃいやだよ」

信助は女のふところに手をさしこんだ。ふきにくらべると小ぶりな、そして肌のなめらかさではくらべものにならない、絹のような手ざわりの乳房が手のひらの中に入って来た。

女は声を立てた。信助があわてて手をひこうとすると、女はその手を押えて、今夜はみんなひまを出して、二人きりなのだとささやいた。そして女は、信助にしがみついたまま自分から畳の上に身を崩して行った。

女の首に顔をうずめながら、信助は行燈《あんどん》の下に小さく坐って自分を待っている、ふきの姿をちらと思いうかべたようだった。だがその姿はたちまち消えて、信助はむせかえるような肌の香の中におぼれて行った。

情夫とも亭主ともつかない暮らしは、気楽なものだった。おはつの店は小さいなりに、結構はやって、いそがしいときは店にかり出されることもあったが、もともと歯みがき売りで、女たちにじょさいない口をきいていた信助は、店に出てまごつくこともなかった。

あとは賭場《とば》に行ったり、おはつのおともをしてあちこち見物に行ったり、何もない日中は奥の部屋でごろごろしていればよかった。浅草の方にはぷっつりと足をむけなくなった。遊び仲間に借りた金は、一分、二分という小口の金は賭場で目が出たときにどうにか返したが、二両、三両とまとまって借りた先は、返しようもなくそのままになっていたからである。いくらおはつでも、そういう古い借金まではらってくれるとは思えなかったのだ。

そしてじっさいに一緒に暮らしてみると、おはつは金の方もしめるところはしめる女だった。賭場に行くというと一両ぐらいの金は渡したが、むこうでする借金は知らないよ、ときびしい口調で言った。

飼い殺しという言葉を、信助は思い出したりしたが、べつに不平はなかった。暮らしの金まで稼ぎ出そうとすれば、ついあせって大きな金も賭《か》けるのだが、遊ぶ分には一両あればけっこう楽しめた。信助はもともとその程度の小心さを気持の中に隠している男だった。

そしておはつは閨《ねや》のおもしろい女だった。一緒に暮らすようになってから、おはつの方が二つ年上だとわかったが、おはつの身体は年のことなど感じさせずしなやかに動いた。好色な女だった。だがその好色さに、信助は引きずられていた。遊ぶ金が少ない不満などは、さし引いてもおつりがくると思うほど、おはつの身体に深くひきつけられていた。

おはつは、信助を家にひき入れるまで、つき合っていた男がいたようだった。それが一人、二人にとどまらないことも少しずつわかって来た。

なに気なく店に出て行くと、おはつと、客とも思えない男がひそひそ話しこんでいて、男は信助を見ると、あわてて店を出て行ったりした。

そういう夜は、床の中で痴話喧嘩《げんか》になって、信助はおはつを殴りつけた。おはつは、いっそ殺してくれなどと言って信助にむしゃぶりつき、信助もこのあまァ、殺してやらァなどと言って、おはつの首をしめたりした。そういうこともばからしくて、面白かった。そういうことがあった翌朝は、おはつはことに晴ればれとした顔をしているのだ。

だが、そういう暮らしが一年近くつづいたある夏の朝、突然に破局が来た。

その前の夜、木場の中にある賭場に出かけた信助は、夜半すぎからツキについて家に帰れなくなった。手に入って来た金は一度は五十両近くにもなった。そこでやめればよかったのだが、信助は憑《つ》かれたように賭けつづけた。そして八ツ半（午前三時）ごろから、金は少しずつ減りはじめた。

眼を血走らせて、信助は賭けつづけたが、金は減る一方で、気づいたときには、勝負を引きあげる潮どきを失っていた。ほとんど投げやりに信助は賭けつづけ、まるでわざとそうするように裏目ばかりをひきあて、夜が明けるころには文なしになった。

薄明りがただよいはじめた夜明けの道を、信助は寝不足と興奮でぼんやりした頭をかかえながら、伊勢崎町まで戻った。

すると家の中に男がいた。男はおはつとひとつ床の中にいた。信助が枕《まくら》を蹴《け》とばすと、男もおはつも起き上がったが、おはつはべつにあわてた様子もなかった。褌《ふんどし》ひとつで四十すぎの男は、凶悪な人相をした大男だった。

「だれだい、この男は」

信助がわめくと、男が低い声で、てめえこそだれだ、と言った。男は問いかけるようにおはつを見た。すると手をあげて髪をなおしていたおはつが、ものういような口ぶりで言った。

「信さん、悪いけどこのひと、あたしの亭主なのさ。ご赦免になって、昨日島から帰ってきたばかりだからねえ。さからわない方がいいよ」

「ちきしょう、このあま」

信助は女を目がけて、そばにあった行燈を投げつけた。

「だましやがったな」

「若《わけ》えの。やめねえかい」

信助がなおも物を投げつけようとしたとき、男が敏捷《びんしょう》に動いて信助を押えた。そして次の瞬間、信助は息がとまるほど、したたかに襖《ふすま》ぎわに投げつけられていた。

猛然とはね起きると、信助は男に組みついて行った。さっき二人が起き上がったときに見た、おはつの腿《もも》の白い肉が眼の奥で躍り、信助は嫉妬《しっと》とコケにされたくやしさでのぼせあがっていた。

部屋をゆるがして、二人の男は組み合った。襖が破れ、障子が裂けた。台所わきの部屋から顔を出した婆《ばあ》さん女中が悲鳴をあげたが、二人の男はその声を聞かなかった。

二人は茶の間から店の板の間までころげ落ち、店の品物をめちゃめちゃにした。信助の手ごわい抵抗に、褌ひとつの男も本気になっていた。

二人は組み合ったまま、外にころげ出た。湿った地面の上に、信助は押えつけられた。

「てめえ、若僧が。殺してやる」

男の両手ががっきと首にかかっていた。男の顔には残忍な笑いがうかんでいる。やられる、と思ったとき、信助は腹巻の中に、賭場に行くときいつも用心に持って行く匕首《あいくち》があることを思い出していた。

気が遠くなりそうな気分の中で、信助は懐《ふところ》をさぐって匕首を抜き取ると、馬乗りになっている男の腹に突き刺した。匕首は、裸の腹に吸いこまれるように根元まで埋まった。

男を殺した廉《かど》で、信助は三宅《みやけ》島に島送りになった。死罪をまぬがれたのは、喧嘩《けんか》のもようを見ていた者が、刺さなければ信助が殺されていたと証言したこともあり、また殺された巳之蔵という男が、数かずの悪事を働いて島送りになった男だということが加減されたようだった。

六

十年の歳月が流れた。ある秋の日の午後、伊勢崎町の、もと小間物屋があったところに、一人の男がたずねて来た。

長身で、顔も手足もまっくろに日焼していたが、髪だけは、まだ四十前と思われるのに真白だった。小間物屋は、店の造作も変って、種物屋になっていた。知らない顔の人間が働いていた。

男は首を振って、となりの桶《おけ》屋に入って行った。男が名乗ると、桶屋の夫婦は驚きの声を立てた。

「あんた、信助さん」

「さいでございます」

「いつ帰んなすったね？」

「へえ、たったいま帰ったばかりで」

「それはまあ、おめでとうさん」

桶屋の親爺《おやじ》は、少し気味悪そうな眼で、信助の白髪を眺めながら、そう言った。

「隣は、もういないようですね」

信助が言うと、女房の方が前に出てきて、おはつはあのあと、すぐに店をたたんでどこかに越して行ったこと、姿のいい若い男が手伝いにきていたことなどを勢いよく話した。

「あたしらにも、挨拶《あいさつ》なしの引越しでしたからね。どこへ行ったかさっぱりわかりませんよ」

信助は黙然と聞いていた。そして女房がお茶をいれるというのをことわって、外に出た。しばらくあてもなく信助は町を歩いた。歩いているうちに、時どき目まいが襲って来た。そのたびに信助は立ちどまり、心もとなく傾く町を見つめながら手に汗をにぎった。

目まいは、長い船旅の間、波に揺られて来た感覚が残っているだけのようでもあったが、島でした大病がぶりかえす兆《きざ》しのようにも思われた。信助は島で胃の腑《ふ》をわずらって血を吐き、半年も寝て死にかけたことがある。だが、歩いているうちに、目まいはだんだんにおさまった。

——落ちつくところを探さなきゃ。

長く尾をひく物の影を見ながら少し焦《あせ》って来た心でそう考えたとき、信助は突然にふきのことを思い出していた。島にいるときも思い出すのはおはつのことばかりで、ふきのことはほとんど考えることがなかったのである。

だがそのふきが、いまも行燈《あんどん》のそばに小さく坐《すわ》って、自分を待っているような気がしたのだった。そう思ったとたんに、ふきと暮らした歳月の思い出が、どっと胸の中に溢《あふ》れて来るのを信助は感じた。いい思い出は少なく、殴りつけたり、うすのろと罵《ののし》ったりした悪い記憶ばかりがもどってくる。

ふきが晴ればれと笑顔を見せたのは、夜市に連れて行って半襟《はんえり》を買ってやったときぐらいだろうか。

——ひどい仕打ちをしたものだ。

だが後悔でいっぱいのその記憶が、なぜかたまらなくなつかしかった。歯みがきを売って、ふきと暮らしていたら、島に行くこともなかったろうと思うせいかも知れなかった。信助は足をいそがせた。

だが、山崎町の裏店《うらだな》にふきはいなかった。ふきばかりでなく、裏店の人間の半分ぐらいは新顔だった。

「あんた、ずいぶん変ったねえ」

やっと見つけた顔なじみの定斎屋《じょうさいや》の女房が、しげしげと信助を見て言った。

「いったい、どこに行ってたのさ」

「ふきが、どこへ行ったか、知りませんか」

「さあ、よく知らないんだよね」

定斎屋の女房は首をかしげた。

「あんたが家へもどって来なくなってから、一年ぐらいは内職で喰ってたんだ。もっとも、あんたの前でそう言っちゃなんだけど、あのとおりのひとだから、隣のおいせさんがずいぶん面倒みてたようだけどね」

「そうですか」

「そのおいせさんとこも引越しちゃったしねえ。そうそ」

女房は信助の胸を手で打った。

「このままじゃおいせさんに迷惑をかけるから、ひとりで働く。そう言って出て行ったんだよ、あのひと」

ひとりで働く。ふきがひとりで働いて喰べて行けるようなところが、どこにあるのだろうか。裏店の木戸を出ながら信助はそう思った。ふきはあののろい頭で、自分が隣の厄介になっていることがわかっていたのだ。ふきには、そういうところがあった。

足は浅草寺の方にむいた。矢場をのぞいてみる気になっていた。

しかし奥山の盛り場に入ってから半刻《はんとき》ぐらいして、信助は疲れきった顔で矢場のはずれに立っていた。もしやと思った白猫にもふきはいなかった。そのうえそれとなく聞いてみると、店の名はむかしのままだが、店の主人はもう変っていた。

ひととおり矢場をのぞいたが、知っている顔には一人も会わなかった。見知らぬ人間ばかりだった。行きかう人びとの上に、赤らんだ秋の日が射《さ》しかけているのを見ながら、信助はまた軽い目まいに襲われていた。

病気がぶり返す前に、ふきを探しあてたいものだ、と信助は思った。それがいまの信助にとって、たったひとつののぞみのようだった。

泣かない女

堀割をわたって一色町《いっしきちょう》の河岸に来ると、あたりはまた暗くなった。かろうじて家の軒がみえるくらいである。

お柳が手をさぐって来たのを、道蔵は握りかえした。お柳の手はあたたかくて湿っぽかった。二人は手を握りあったまま、しばらく黙って歩いた。

「このへんでいいわ」

立ちどまったお柳が言った。お柳の家と思われるあたりで、道にひとところ灯のいろがこぼれている。錺師《かざりし》藤吉が、夜なべをしているのかも知れなかった。お柳は藤吉の娘で、道蔵は山藤と呼ばれるその店の職人だった。

道蔵も足をとめた。するとお柳が、いきなり身体《からだ》をぶつけるようにして抱きついて来た。二人は暗い道の上で、ひとつに溶けあう形で口を吸い合った。さっきもそう思ったのだが、お柳の息は、何かの花のような香がする。背に回した手で、お柳は時どき爪《つめ》を立てるようなしぐさを繰り返した。

そのしぐさで、道蔵は半刻《はんとき》前まで二人で過ごした、東仲町の小料理屋の部屋を思い出している。お柳は出もどりだった。一度男に身体をゆだねてしまうと、そのあとはためらいがなく、奔放にふるまった。

口を放すと、お柳は熱い息を吐きながら、ささやいた。

「ねえ」

「また、会ってくれる」

「むろんです、お嬢さん」

「お嬢さんなんて言わないで」

お柳は拳《こぶし》でやわらかく道蔵の胸を叩《たた》いた。小さな拳だった。

「でも、こんなふうになって、あたしたちこれからどうなるの？」

「さっき言ったとおりですよ、お嬢さん。あっしは女房と別れます」

「ほんと？」

お柳は道蔵の頸《くび》にぶらさがるように両手をかけ、上体だけうしろにひいて、暗い中で道蔵の顔を見さだめるようにした。そして二十の女とは思えない、甘ったるい声を出した。

「暗くって、あんたの顔が見えない」

「ほんとです。あっしはもともとお嬢さんを好いてました」

「じゃ、どうしてもっと早く言ってくれなかったの？　嫁に行く前に」

「そんなことを言えるわけがござんせん」

山藤は繁昌《はんじょう》している錺師である。道蔵のような子飼いの職人が十人もいて、それでも納める品が間にあわないほどいそがしい店だった。

そしてお柳が嫁入った先の根付師玉徳も、人に知られる店だった。似合いの縁談だった。奉公人上がりの職人が、その縁談に口をはさむ余地など、爪の先ほどもなかったのである。

それにお柳を好いているといえば、なにも道蔵だけに限らなかった。いまはべつに店を持っている、そのころはすでに所帯持ちだった兄弟子二人をのぞけば、年ごろの職人は、みな親方の美しい娘に恋いこがれていたと言ってもよい。お柳は職人の娘とも思えないお嬢さん育ちで、わがままだったが美しかった。

玉徳の息子芳次郎との縁組みが決まり、お柳が嫁入って行くのを、道蔵たちは黙って見送ったが、自分たちの気持とはべつに、その縁組みを似合いだとも思ったのであった。上方に旅していた芳次郎が旅先で急死し、たった三年で、お柳が出戻りで帰って来るなどとは、誰も夢にも思わなかったのである。

「おとっつぁんに叱《しか》られるから、帰る」

やっと手を離したお柳が言った。そして、闇《やみ》の中でもう一度道蔵の顔を見さだめるようにして念を押した。

「さっき言ったことを信用していいのね」

「もちろんですとも、お嬢さん」

道蔵が力をこめて答えると、お柳はやっと安心したように離れて行った。道蔵が立ってみていると、お柳は足ばやに遠ざかり、道に灯のいろが落ちている場所まで行くと、ちらとこちらを振りむいた。

お柳の白い顔が笑いかけたようにみえたが、姿はすぐに闇にまぎれた。

河岸を閻魔《えんま》堂橋までもどり、油堀を北に渡りながら、道蔵は自分がひどくいそいで歩いているのに気づいて、橋の中ほどで少し足どりをゆるめた。

家は伊勢崎町だが、いそいでもどることはない。今日、突然におとずれて来た果報を、ゆっくり嚙《か》みしめるべきだった。

——やり直しだ。しくじらねえように、じっくりかからなきゃな。

と思った。考えることがいろいろあった。別れるつもりの女房のところに、こんなに大急ぎで帰ることはない。

話があるから、仕事がひけたら馬場通りにある一ノ鳥居のそばまで来てくれ。お柳にそうささやかれたのは昼近く、台所に水を飲みに行ったときだった。

それだけで、道蔵はのぼせ上がってしまった。昼飯もどこに入ったかわからないようにして喰いおわり、午後はうわの空で仕事をした。仕事の手順をたびたび間違え、ほかの職人に怪訝《けげん》な顔をされたほどである。

六ツ（午後六時）で仕事を打ち切ると、道蔵は親方の藤吉に挨拶《あいさつ》してすぐに店を出た。家へ帰る道とは逆の方角に、走るように町を歩いた。お柳の話というのが何なのかは、まるで見当がつかなかったが、ただお柳に会えるというだけで、胸がふくらんだ。日は低く西空に傾いていたが、通りすぎて行く町には、日にあたためられた四月はじめの陽気が残っていて、そのあたたか味まで、心をくすぐっているようだった。

お柳はちゃんと待っていて、近づく道蔵をみると笑いかけて言った。

「そんなにいそがなくともいいのに」

道蔵は赤くなり、まぶしくお柳を眺めた。嫁入り前のお柳はほっそりした娘だったのに、三年、人の女房だった歳月が、お柳の胸や腰に豊満な線をつけ加えていた。お柳は物腰も落ちつき、﨟《ろう》たけた女にみえた。

「知っている家があるから、そこに行きましょうか」

そう言ってお柳は先に立った。五つ年下のお柳の方が、年長者のように振舞っていた。

お柳がみちびいて行ったのは、富ケ岡八幡《はちまん》の前を通りすぎたところにある、東仲町の吉野という小料理屋だった。店の裏に、別棟の離れがあって、二人はそこに通された。

酒が出てからも、お柳はすぐには話というのを持ち出そうとしなかった。店のことを話したり、道蔵の家のことを聞いたりした。お柳はかなり酒をのみ、酔いがまわると機嫌のいい笑い声をたてた。

「お話というのは、何ですか」

しびれを切らして道蔵が言うと、お柳は忠助さんのことなの、と言った。

「忠助？　忠助がどうかしたんですかい」

「おとっつぁんが、忠助さんの嫁になれって言うの」

道蔵は思わず顔色が変るのを感じた。兆《きざ》して来た酔いが、音たてて身体からひいて行くようだった。

忠助は山藤の子飼いの奉公人ではなかった。浅草北馬道の岩五郎という錺職から、二年前に移って来た男である。政吉という兄弟子が、店を出て外で仕事をはじめたあとだから、親方の藤吉には、手薄になった職人の穴を埋める心づもりがあったのだろう。

藤吉が、岩五郎に懇望して譲りうけたと、そのころ奉公人の間でささやかれたほどで、腕のいい職人だった。無口で、めったに笑顔をみせず、新顔だからと、自分からまわりと打ちとけるということもなかったが、気にいった仕事にかかると、居残りはおろか、夜明けまで仕事場にこもって見事な品を作った。ほかの職人に好かれているとは言えない男だが、忠助の仕事ぶりにはみんなが一目おいていた。

そういう忠助に、道蔵は無関心ではいられなかった。兄弟子が、自分の店を持ったり、ほかに住みかえたりして、一人ずつ出て行ったあとは、道蔵が一番古参になっている。

自然に、親方の指図をうけてほかの職人に仕事を割り振ったり、新米弟子の仕事をみてやったりする役目が道蔵に回って来ていた。道蔵には、居付きの職人のなかの一番弟子の誇りがある。腕でも、新参者の忠助には負けられないと思う意地があった。

思わず顔色が変ったのはそういうことだった。忠助がお柳を嫁にもらい、仕事の指図をするようになったら、その下では働けないと思ったのである。しかしお柳の話がほんとなら、近ぢかそうなることは眼に見えているのだ。

「親方は……」

道蔵は盃《さかずき》を置いて、乾いた唇をなめた。

「忠助を跡つぎにと考えてるんですかい」

「はっきり言わなかったけど、兄さんがあのとおりだからねえ」

とお柳は言った。

お柳の兄の保吉も、同じ仕事場にいる。だが保吉はじき三十にもなるのに、まだ女房をもらう気もない道楽者だった。腕も半ぱで、父親が仕事場にいる間は、神妙に手を動かしているが、何かの用で父親が仕事場からいなくなると、あっという間に自分も姿を消して、夜遅くまで戻って来なかった。

藤吉も、職人たちも、そういう保吉を見て見ぬふりをしている。匙《さじ》を投げているのだ。だが藤吉ももう年だった。お柳がもどって来たのをしおに、しっかりした跡つぎを欲しいと思いはじめたかも知れなかった。

忠助がその跡つぎにふさわしくないとは言えない。だが、ひそかに張り合っている男が、山藤の跡をつぎ、高嶺《たかね》の花のように遠くから眺めていた、お柳を女房にするのかと思うと、道蔵は嫉妬《しっと》で眼がくらむようだった。

「それは、けっこうな話じゃありませんか」

道蔵は微笑した。だがその笑いが、無残にゆがむのが自分でもわかった。道蔵はあわてて盃を取りあげたが、手がふるえた。

お柳がじっとこちらを見ているのを感じながら、道蔵は眼をつむって盃をあけた。お柳がふわりと立ち上がって来たのはそのときである。お柳は道蔵に身体をぶつけるようにして、そばに坐《すわ》ると、思いつめたような声で言った。

「あたし、あのひとがきらいなの」

そのあとのことを、道蔵はもう一度おさらいするように、胸の中に思いうかべた。それは女房どころか、子供がいれば子供も捨ててもいいと思うほど、眼もくらむほどの愉悦にいろどられたひと刻《とき》だったのである。

女を得た喜びだけではなかった。張り合っている男に勝った喜びがあった。お柳をモノにして、藤吉の跡つぎになることまで考えているわけではなかった。そんな先のことまではわからない。

――だが、これであいつに勝ちはなくなったわけだ。

道蔵は、仕事場でいつも気押される感じをうけている、錺師としての腕は、ひょっとすると数等上かもしれない男の顔を思いうかべた。仙台堀にかかるもうひとつの橋を渡り、家がある河岸の町に折れながら、道蔵はくらやみの中で人知れぬ笑いを洩らした。

かすかにうしろめたい気持がうかんで来たのは、路地の奥の自分の家の前まで来たときだった。花園をくぐり抜けて来たような、浮き浮きした気分が、急にしぼんだ。

――いきなりというわけには行かねえやな。

と思った。暗い軒の下から、そこまで道蔵が身にまといつかせて来たはなやかなものと馴染《なじ》まない、殺風景な暮らしが匂《にお》って来る。その匂いが、道蔵がして来たことを咎《とが》めるようだった。

道蔵は、しばらく凝然と戸の前に立っていたが、やがて戸を開けて土間に入った。

「お前さん？」

お才の声がして、踊るような影が立って来ると、障子を開けた。お才は足が悪く、歩くと一歩ごとに軽く身体がかしぐ。

「遅かったね」

と、お才は言った。

「うむ、ちょっと納め先のひとと一杯やって来た」

「ご飯はどうしたの？」

「喰った」

道蔵は茶の間に入った。道蔵を待っていたらしく、布巾《ふきん》をかけた膳《ぜん》が、二つ出ている。

「待たずに喰ってりゃよかったんだ」

道蔵は少し不機嫌になってそう言った。見なれた茶の間の光景も、女房のお才も、くすんで色あせて見えた。


外から帰って来た藤吉に呼ばれて、道蔵は仕事場を出ると、母屋《おもや》の茶の間に行った。

「ま、楽にしな」

きせるを出しながら藤吉がそう言ったが、道蔵はかしこまって膝《ひざ》をそろえていた。藤吉は、莨《たばこ》をつめて、長火鉢の底から火種を拾い出すと、一服つけて深ぶかと吸った。藤吉は数年前から髪が白くなったが、けむりを吐き出しながらしかめた眉《まゆ》にも白いものがまじりはじめて、けわしい表情にみえた。

道蔵は身体が固くなった。藤吉が、なにか大事なことを話し出す気配を感じたのである。まさか、あのことがバレたのじゃあるまいな、とちらと思った。このところお柳とは三日に一度会っている。

「話というのはほかでもねえが、今日は泉州屋に行って来たのだ」

藤吉がそう言ったとき、台所との境の戸が開いて、お柳がお茶を運んで来た。お柳の母親は、お柳が嫁入ると間もなく病死していて、いまはお柳が女中と台所に入っている。

お柳は顔を伏せたまま、何も言わずにお茶だけ配って出て行ったが、道蔵はその姿を見ただけで、気持が少し落ちつくのを感じた。

「いつもの注文ですか」

「そう。今年は簪《かんざし》を十本だとよ」

泉州屋は尾張《おわり》町に店がある裕福な呉服屋で、毎年いまごろの季節になると、注文をくれる。出入り先の大名屋敷、旗本屋敷の奥向きに贈る品物だから、いい品をつくってくれ、金に糸目はつけないと言われている。

その注文が入ると、藤吉と仕事場で一番腕がいいとみられている職人の二人で、泉州屋の仕事にかかる。納めの期日が迫ると不眠不休で仕上げるのが毎年の例だった。山藤では、一年のなかでもっとも大事な仕事に思われていた。その仕事は、去年もその前も藤吉と道蔵の二人でやっている。

「さて、今年だが……」

藤吉は咳《せき》ばらいして、ちょっと黙ったが、急に顔をあげて道蔵をみた。

「忠助一人にまかせてみようかと思っている」

「…………」

道蔵は顔を伏せた。来たか、と思ったが、気持は案外に平静だった。お柳からああいう話を聞いていなかったら、屈辱で顔色が変っただろうが、親方のおよその考えは読めていて、気持の用意は出来ていた。

いよいよ眼の前に持ち出されてみると、やはりいい気持はしなかったが、その気持を微笑でごまかすことが出来た。

「けっこうじゃねえですか。あいつは腕がしっかりしているし」

「おめえにそう言ってもらうとありがてえ」

藤吉はほっとしたいろを隠さないで、そう言った。

「はじめは、おめえと忠助の二人にやらせてみようと思っていたのだ。おれもそろそろ年だ。今年あたりはおめえたちにまかせてみようとな」

「…………」

「しかし考えてみると、おめえと忠助は手がちがう」

藤吉はいつもと違って、用心深く言葉をえらんでいた。このことが決まり、忠助が別部屋にこもって、泉州屋の仕事にかかるようになれば、ほかの職人の、道蔵をみる眼も変って来るだろう。

藤吉もさすがにそのあたりのことは読んでいて、子飼いの古参職人の気持を、傷つけまいとしていた。

「どっちがいい、どっちが悪いというもんじゃねえが、まかせるならどっちか一人にする方がいいんじゃねえかということでな。それともうひとつ……」

道蔵は、顔を伏せてじっと聞いていた。いよいよ、あれを言うつもりだな、と思った。

「おれも、いざというときのことを考えなくちゃならねえ年になった。だが保吉があてにならねえことはみんなわかっている。さいわいと言っちゃ何だが、お柳がもどって来たのでな。忠助とあれを一緒にすれば、山藤のあとのことは心配ねえ、とこうも考えているわけよ」

「…………」

「おめえがひとり身だったら、おめえでもよかったのだ。腕に不足はねえし、気心も知れている。しかし、おめえはもう所帯持ちだ」

道蔵は、藤吉の言葉をうわの空で聞いていた。はげしい嫉妬に苛《さいな》まれていた。藤吉が言葉でいたわればいたわるほど、その裏側から、ひと眼で忠助の腕に惚《ほ》れこんだ、職人藤吉の気持が浮かび上がって来るように思えたのである。

肩にのばした道蔵の手をお柳ははずした。

「どうしたんだい」

「今日はだめ」

と、お柳は言った。

「どうして？」

「気分がよくないの」

お柳はそっけなく言った。道蔵は仕方なくお柳から離れ、うつむいて盃に酒を注いだが、急に胸が不安に波立って来るのを感じた。

お柳とのことがあるから、藤吉の言葉にも堪《た》えられ、忠助が別部屋で泉州屋の仕事にかかったあとの、職人たちが自分を見る眼にも堪えられたのである。だがお柳にいまのようにすげなくされると、頼りにしていたものが、ひどく心もとないものだったことに気づくようだった。

このうえお柳を失ったりすれば、残されるのは真黒な屈辱しかない。そうなれば、もう山藤にはいられなくなるだろう。道蔵は無言で酒をあおった。

「あんたがわるいのよ」

その様子を黙ってみていたお柳が、そばにすり寄って来て言った。道蔵が見返すと、お柳は眼をあわせたままうなずいた。

「だってそうでしょ？　あんたはおかみさんと別れると言いながら、ちっともそうしてくれないじゃない？」

「……………」

「あたしの身にもなってよ。おとっつぁんに返事しなきゃならないのよ。いったい、どう言ったらいいの？」

「悪かった」

と道蔵は言った。手を出すと、お柳はすぐに白い手をゆだねて来た。

「近いうちに、かならずカタをつける」

「だめ」

肩にのばした道蔵の手を、お柳はまたやわらかくはずした。

「今晩帰ったら言って」

「今夜はもう遅いから無理だ」

「じゃ、明日言ってよ」

と、お柳は言った。

「明日まっすぐ帰って言って。そして話がついたらすぐにここに来て。あたしいくら遅くなっても待ってるから」

「わかった。けりをつけて、必ずここに来るよ」

「そうして。でないと、あたしこのまま忠助さんのかみさんになっちまうから」

「…………」

「うそ。いまのはうそ。明日をたのしみにしてる」

「うん」

「それまで、おあずけね」

お柳は両手で胸のふくらみを抱くしぐさをして、道蔵に笑いかけた。男を狂わせずにおかない、蠱惑《こわく》に満ちた笑顔だった。

別れてくれなどと切り出せば、お才は必ず泣き狂うだろう。道蔵はずっとそう思っていたのである。

その愁嘆場がいやで、一日のばしに話すのをのばして来ただけである。お才に未練があったわけではなかった。

もともと、二人が所帯を持ったきっかけは、道蔵が足のわるいお才に同情しただけのことだった。そして所帯を持つと間もなく、道蔵は自分の軽はずみを悔んだのである。

女房にしてみると、お才はどこにでもいるような平凡な、面白くもない女だった。そのうえ、ほかの連中のように、花見だ、祭りだと外に連れ歩けるような女房ではなかった。

所帯を持つ前には、道蔵はお才を誘って、洲崎《すさき》の弁天さまにお参りに行ったり、富ケ岡八幡《はちまん》の祭礼に連れ出したりしたのである。そのときは足のわるいお才と連れ立って歩いていても平気だった。

二人にむけられる好奇の眼に、道蔵の気持はかえってふるいたち、そういう眼を逆ににらみ返しながら歩いた。相手の方が、道蔵ににらまれて、あわてて眼をふせた。

——おれがかばってやらなきゃ、この女をかばってやる者は誰もいない。

そう思い、昂然《こうぜん》と胸を張っていた。盗みみるようにこちらをみる眼をはね返したり、無視したりすることは、むしろ快いことだったのである。

だが所帯を持ってから間もなく、お才を連れて近くの縁日に行ったとき、道蔵は、二人を見くらべるようにするあたりの眼を、前のようにははね返せなくなっている自分に気づいたのだった。

なぜそうなのかはわからなかった。ただ道蔵には、あたりの眼が、あわれな娘をかばう健気《けなげ》な若者をみる眼ではなく、この程度の女しか女房に出来なかった男を、あわれんでいる眼に変ったのを感じたのである。

その視線は、針のように道蔵の胸を刺した。道蔵はその場にいたたまれないような気になり、眼を伏せ、足のおそいお才の袖《そで》を邪険にひっぱりながら、早々に家にもどった。

その夜以来、道蔵はお才と連れ立って外に出たことはない。どうやらはやまったことをしたらしい、と思ったのはそのころである。

気がつくと、あたりには足など悪くない、丈夫でピチピチした娘がいくらでもいた。その悔恨は、しばらく道蔵を苦しめた。そして月日が経《た》つ間に、だんだんにあきらめに変りはしたが、はじめの悔恨は、根深く道蔵の気持の底に残ったのである。

だから、お柳と身体のつながりが出来たときも、やましい思いに責められたのはほんのはじめの間だけのことで、すぐに平気になった。バレたらバレたでいいさ、と思った。それでお才がおれを責めるようだったら、もっけのさいわいに別れ話を持ち出すだけだと思っていた。

だがお才は何も気づかないようだった。したがって、別れ話を持ち出すきっかけはなかなかやって来なかったのだ。

それならこちらから切り出すしかないのだが、それがむつかしいことだったのだ。何も気づいていないお才にむかって、そんな話を切り出せば、間違いなくひどい愁嘆場になるだろう。女に泣かれるのは、辛《つら》くおぞましいことだった。一ぺん我慢すれば済むことだと思いながら、道蔵は踏み切れなかったのである。

だが道蔵は追いつめられていた。泣こうが喚《わめ》こうが話すしかないと思った。口を切ったのは、家にもどって、膳《ぜん》に坐《すわ》る前である。

だが、お才は泣かなかった。大きな声も立てなかった。小さい声で問い返して来た。

「女が出来たんだね」

「…………」

気押されたように、道蔵はうなずいた。静かなお才が、これから何を言い出すかと身構えていた。

お才は道蔵から眼をそらすと、ふっとため息をついた。そしてやはり小さい声で言った。

「気がついていたのよ」

「そうか。それじゃ言うことなしって言うわけだな」

「あたしね」

お才は道蔵の言葉にかまわずにつづけた。

「ずっと前から、いつかこんなふうな日が来ると思っていた」

「……………」

「だから、仕方ないよ。その日が来たんだもの」

お才はうなだれると、しばらくみじろぎもせずに坐っていたが、やがて立ち上がった。道蔵が見ていると、お才は隣の寝部屋に行った。しばらく物をかたづける小さな物音がひびいて来たが、すぐに風呂敷《ふろしき》包みを抱えてもどって来た。

お才は膝をついて、軽く道蔵に頭をさげると、そのまま土間に行った。はじかれたように、道蔵は立ち上がった。

「何も、今日出て行かなくともいいだろう」

「……………」

「そうか。じゃ飯ぐらい喰って行けよ」

お才は履物をさがしながら、やはり、首を振った。

「行く先のあてはあるのか」

「……………」

「おい」

外に出たお才に、道蔵は鋭く呼びかけた。

「どんな女だと、聞きもしねえのか、おい」

ちらとお才が振りむいた。微《かす》かに笑ったようだったが、そのまま姿が消えた。

——なんだ、いやにあっけねえじゃねえか。

部屋にもどると、道蔵はがっくり疲れて腰をおろした。ぐさりとやられたような気持が残っている。お才が出て行ったのでなく、こちらが見捨てられたような気がした。これでかたづいたという喜びはなく、うつろなものが胸を満たして来た。

部屋の中に、膳が二つ向き合っているのを、道蔵はぼんやりと眺めた。夫婦なんてこんなものかね、と思った。向き合って飯を喰ってるはずだったのに、もう他人でいやがる。

道蔵は上体をのばして、膳にかかっている布巾《ふきん》をめくってみた。そして里芋の煮つけがのっているのをみると、小皿からつまんで口にほうりこんだ。膝《ひざ》を抱いて、道蔵は口を動かした。

飯を喰う気は起きなかった。いまごろは、お柳が小料理屋の離れに行っているだろうと思ったが、駆けつける気にもならなかった。なぜか、お柳との間にあったことが、他人《ひと》ごとのように白じらしく味気ないものに思えて来るようでもある。

口の中のものをのみこむと、道蔵はそのままぼんやりと物思いにふけった。思いうかべたのは、お才と知り合ったころのことだった。

お才は、道蔵が兄弟子の政吉に連れられて、はじめて飲みに行った、赤提灯《あかちょうちん》の飲み屋で働いていた。わるい足をひきずりながら、懸命に動きまわるのだが、それでも動作はひと呼吸おくれて、店の者にも客にもどなられていたのだ。

ある夕方、ひとりでその店に行った道蔵は、店の横の路地に、お才がうずくまって、前掛けで顔を隠しているのを見た。そこは飲み屋の裏口の前だった。うす闇《やみ》の底に、小さくうずくまって動かないお才の姿を見ているうちに、道蔵は胸がつぶれるような気持に襲われたのだった。

だが道蔵が近寄って行くと、お才はすばやく顔をぬぐって立ち上がった。そして黙って道蔵を見上げたが、その眼には悲しそうないろはなく、挑みかかるようなはげしい光が、道蔵をたじろがせた。誰も信用していない眼だった。お才が孤児で育ったことを、道蔵は耳にしている。ただ自分だけをはげまして、生きて来たのだな、と道蔵は思ったのである。

——間違《まちげ》えねえでもらいたいな。おれは味方だぜ。

道蔵はそう思い、その気持をどう伝えたらいいかわからずに、お才とにらみ合うように向き合ったまま、いつまでも立ちつづけたのであった。

——たった一人の味方かね、おい。

道蔵はこみ上げて来る苦い笑いに口をゆがめた。一人になってみてはじめて、自分がお才に何をしたかが見えて来たようだった。道蔵は不意に聞き耳を立てた。雨が降っている。

道蔵は立ち上がった。立ったまま、雨に濡《ぬ》れる日暮れの道を遠ざかるお才の姿を、しばらく眼の奥で追っていたようである。道蔵はのろのろと土間に降りた。だが傘をつかむと、いきなり外に走り出した。

河岸にも、万年町にわたる橋の上にも、突然の雨に驚いた人影が、右往左往している。道蔵は一たん橋袂《はしたもと》まで出ると、橋を渡って万年町まで行った。だがお才らしい姿が見えないのを確かめると、また橋を走り抜けて、今度は霊岸寺の門前まで行った。走りながら、丹念に家々の軒下までのぞいたが、お才の姿は見当らなかった。道蔵はまた橋までもどり、今度はさっき来た河岸の道を西に走った。

走っているうちに、ばったりと雨がやんで、急に日が射《さ》して来た。いっときのにわか雨だったようだが、道蔵は走るのをやめなかった。西空の底に、おしつぶされたように沈みかけている日にむかって走りつづけた。

伊勢崎町の長い町並みを走り抜け、堀割をひとつ渡って、仙台藩屋敷の横まで来たとき、道蔵はようやく目ざしていたものを捜しあてた。塀ぞいの長い河岸道のむこうに、お才の姿が小さく動いていた。

道蔵は立ちどまった。お才はどこに行こうとしているのだろうか。大川の向こうの空から、束になって流れこんで来る赤い日射しの中を、一歩ごとに身体を傾けながら、懸命に遠ざかって行く。道蔵はまた走り出した。

追いつくと、前に回って行手をさえぎった。お才の驚いた顔が、変に子供っぽくみえた。荒い息が静まるのを待って、道蔵は言った。

「傘持って来たが、無駄だったな」

お才は黙って道蔵を見上げていたが、道蔵が、さあ帰ろうと手を出すと、静かに後じさった。

「ほどこしをするつもりなら、やめてね。あわれんでもらいたくないもの」

「ちがう、ちがう」

と道蔵は言った。さっきの奇妙に心細かった気持を思い出し、その中に夫婦にとってかけがえのないものが含まれていた気がしたが、そのことをどう言ったらいいかわからなかった。やっと言った。

「とにかく、おれも一人じゃ困るんだ」

お才は黙って道蔵を見返したが、不意に風呂敷包みを取り落として手で顔を覆《おお》うと、背をむけて蔵屋敷の塀の下にうずくまった。

お才は声を出して泣いていた。お才の泣き声を聞くのははじめてだった。風呂敷包みを拾い、雨に濡れたお才の髪と肩が小さくふるえるのを、ぼんやり眺めながら、道蔵は山藤の店をやめようと思っていた。ほかの店でやり直すのだ。

そう思うと、店も、小料理屋で待っているかも知れないお柳も、遠い景色のように小さく思われた。泣くだけ泣いたお才が、手に取りすがって来たのを、道蔵は握り取って歩き出した。そのときになって、やっとひとつ思いうかんで来たことを、道蔵は大きな声で言った。

「夫婦ってえのは、あきらめがかんじんなのだぜ。じたばたしてもはじまらねえ」

道蔵の言葉をどう受け取ったかはわからない。ただお才はめずらしく晴ればれとした笑顔で道蔵を見上げた。

解説

原田康子

大都市は作家にとって、興趣に富んだ舞台になりうる要素を抱えこんである。億万長者から文無しまで、大都市にはじつにさまざまな階層の人びとがひしめいている。時代小説のすぐれた書き手である藤沢周平氏が大都市を舞台にした作品を書くとすれば、江戸ということになるのは当然であろう。

現代の東京がそうであるように、かつての江戸も世界屈指の大都会であった。「紙と木でつくられた都市」と紅毛碧眼《こうもうへきがん》の人が書きのこしたこの町には、上は将軍から下は非人と呼ばれる人間あつかいをされない人びとまでが住んでいた。

しかしながら、藤沢氏がこの短篇集の舞台としたのは武家街ではない。大店《おおだな》が軒をつらねる表通りでもない。収録作品のほとんどは、江戸下町の陽もささないような裏長屋が舞台である。いってみれば、かならずしも幸福とはいえない名も無き庶民の生きざまに、作者の視線は注がれている。

「贈り物」の主人公、作十は盗賊であった過去を秘めて、長屋に住みついている孤独な老人である。はしっこかった彼も死病に取りつかれて、口を糊《のり》するための日雇い仕事もままならない。偏屈な老人は、痛みにおそわれても世間に白い目を向けているが、そんな彼を親身になって介抱してくれた女がいる。おなじ長屋に住むおうめである。

おうめは、亭主に逃げられた子持ちの三十女である。それだけでも充分に不幸であるが、亭主が遊所に借金を残していたために、彼女は窮地に立たされることになる。借金を返さないかぎり、おうめは娼婦《しょうふ》としてはたらかなくてはならない。作十はおうめを救うべく、昔の相棒をそそのかして久びさに盗みをはたらく。題名が示すとおり、作十は盗んだ金をおうめに手渡したものの、盗みにはいった旗本屋敷で深手を負い、長屋へもどった直後に死ぬ。

人情話と言ってしまえばそれまでであろうが、この一篇が胸を打つのは死を賭《と》した作十の行為そのものではない。事件のあとのおうめの気もちのうごきである。

おうめは、たずねて来た岡っ引きに、知らぬ存ぜぬの一点張りで押し通す。作十の最後の忠告に従ったわけだけれど、じつは金を手放したくなかったおのれの本心に思いあたる。

〈かわいそうに、とおうめはつぶやいた。たかがその程度の女なのに、作十は家ものぞいちゃいけないなどとあたしをかばって、暗いところで一人で死んで行ったのだ〉おうめのこの独白と彼女の流す涙によって、作十の人間像は生彩を増し、読む者の共感をさそうのである。

この短篇集には盗《ぬす》っ人《と》を主人公にした作品が、もう一つ収められている。表題作の「驟《はし》り雨」がそれである。

「驟り雨」の主人公は、盗みが専門ではない。嘉吉というこの男の本業は研ぎ屋である。日中は研ぎの仕事に身を入れているが、ときに血がさわいで盗みをはたらく。そういう悪癖の持主である。

話は神社ともいえない小さな八幡《はちまん》さまの周辺で終始する。押し入ろうとする家を目前にしながら、嘉吉は八幡さまの軒下で雨を避けている。道ばたの社《やしろ》は、盗びとならずとも雨宿りには恰好《かっこう》である。嘉吉は、そこで人間の種々相を見ることになる。

女が身ごもったと知るや、うろたえ、よそよそしく声のかわる男。これは若旦那《わかだんな》と奉公人のカップルである。そうかと思うと、二人の博奕《ばくち》打ちもやってくる。これらは金をめぐって言い争ったあげく、一方がアイクチをぬいて相手を刺すしまつである。刺した男は、倒れた男を置き捨てて逃げ去る。死体がそこらにころがっていては、嘉吉としては迷惑このうえもない。男はどうやら命を取りとめたらしく、よろめきながら遠ざかって行く。

やがて、雨も小やみになり、嘉吉が仕事に取りかかろうとしているところへ、またまた二つの人影が近づいて来て、社の軒下に腰を据えてしまう。おさない娘と若い母親の二人づれである。母親は病んでいる。病気のため内職もできず、恥をしのんで逃げた夫のところへ金を無心に行った帰途である。境内から立ち去ろうとする母親の足取りはおぼつかない。嘉吉は、思わず母娘《おやこ》の前に姿をあらわし、母親を背負って帰途につく。

人びとのあさましさ、みにくさを見たことによって、母娘を送りとどける結果となった嘉吉の刻々の心の変化を、作者は余計な説明を加えずにえがきだす。嘉吉が目にし、耳にするのは人びとの声音と雨音であり、闇《やみ》の中に光る雨脚である。映像美にあふれたモノクロ映画を思わせる佳篇である。

もしかすると、背負って帰った女と嘉吉のあいだに愛が芽ばえるかもしれない。読み終えて、そんな感じを受けたけれど、それにしても、この作品集の中の女たちは、おおむねあわれである。それは、やはり江戸期という時代の必然なのかもしれない。

江戸時代は、士農工商の身分制度が人びとを律していた。女が、思うように生きがたい時代であった。貧しい生活の中にも幸福はあったろうが、それは家族の心が寄り添っていた場合である。女の幸不幸は、男によって左右されていたと言ってもよいであろう。頭がにぶいばかりに夫に去られる「捨てた女」のふき、足がわるいゆえに夫を失いかけた「泣かない女」のお才、男をおもいながらも、別れ話にさらりと応じた「朝焼け」のお品、いずれもあわれである。

「ちきしょう！」のおしゅんとなると、あわれを通り越して悲惨である。この女は夜鷹《よたか》である。器量こそよいものの、不器用で気ばたらきもないおしゅんは、夫と死別したあと、夜鷹になるほかはなかったのである。三歳になる子供を抱えた女である。

その子が熱を出したために、薬代ほしさにおしゅんは必死に客をさがす。やっとつかまえた客は、身なりのよい若い男である。ところが男は、あそんだ金をはらわずに逃げて行く。おしゅんが茫然《ぼうぜん》として帰宅すると、子供は息を引きとるまぎわだった。

逃げた客は万次郎といって、紙問屋の息子である。岡場所の女のもとに通いつめる息子に親は当惑し、妓楼《ぎろう》に手をまわして女をよそに移してしまう。その腹いせに有金をつかいはたして飲んだ帰途、おしゅんに袖《そで》を引かれたのである。万次郎は腰の定まらない男で、やがて親のきめた許嫁《いいなずけ》に気もちを移し、頻繁《ひんぱん》に外で落ち合うようになる。水茶屋に向う万次郎の姿を見かけたおしゅんは、やにわにかんざしを彼の首に突き立てる。

男を傷つけたおしゅんはどうなるのか。傷は浅かったのか、深かったのか。作者は何も語ろうとしない。これも人生だというように、作者はかんざしの一閃《いっせん》で、おしゅんの悲劇を浮き彫りにする。

おしゅんとちがって「遅いしあわせ」のおもんは気の勝った江戸の女である。極道者の弟ゆえに婚家を出ざるをえなかった女だけれど、めし屋できりりと立ちはたらいている。弟が金をせびりに来ても、たんかを切って追い返す女である。が、弟は賭場《とば》で三十両もの借金をつくった。おもんは賭場の親分の家に引っ立てられ、借金がわりに女郎に売りとばされそうになる。そこへ駆けつけて来たのは、おもんがひそかにおもいを寄せていた重吉である。

重吉は、おもんがつとめているめし屋の客である。日頃は口数の少ない実直そうな桶《おけ》職人であるが、彼はただ者ではなかった。乾分《こぶん》どもの嘲弄《ちょうろう》に、彼はもろ肌ぬぎになる。重吉の背中には敲《たた》きの刑を受けた痕《あと》があり、腕には入れ墨があった。

過去のある、けれども情と度胸をかねそなえた男と根はまっすぐな江戸の女、そしてふたりがたどる大川端。収録作品の中で、最も江戸の情緒が濃いのは「遅いしあわせ」であろう。

現代の東京には江戸の情趣はない。義理人情がすたれ切ったとまでは言えないまでも、都市はささくれてゆく一方である。だからこそ、われわれは昔日《せきじつ》の情緒や人情にノスタルジーを感じるのであろう。

居候《いそうろう》の老婆《ろうば》に当惑する気のよい夫婦を描いた「うしろ姿」も気持ちのよい短篇であるが、それよりも痛快なのは「運の尽き」である。

参次郎という若い筆師が、この小説の主人公である。やさ男の彼は女に大モテで、ろくろく仕事もせずに、女あさりに余念がない。米屋の一人娘に手をつけたのも、あそび心に過ぎない。仲間のたまり場の水茶屋で、参次郎が得意顔で米屋の娘について語っていると、米屋の当主の利右衛門があらわれる。山賊のような面《つら》がまえの大男である。やっと婿《むこ》が見つかったと言って、利右衛門は参次郎を米屋につれて行こうとする。参次郎はあらがうが、怪力の親爺《おやじ》には歯が立たない。

その後の参次郎は、力仕事に明けくれる毎日である。一人前の米屋にするためだと親爺は言うが、やさ男の参次郎はたまったものではない。娘に食指がうごくどころではなく、あまりのつらさに逃げ出すと、たちまち親爺につれもどされるしまつである。

二年も立つと、参次郎の体はしまり、軽がると米俵をかつげるようになった。利右衛門へのうらみは心中にくすぶっていたが、別れてもよいという娘の言葉にほだされる。娘も匂《にお》うような女にかわっていた。

子の親になる日も近いある日、参次郎は商用で出かけたついでに、昔の仲間のたまり場に立ち寄る。こざっぱりした商人風の参次郎の姿に、仲間は目を見はる。参次郎には、かつての仲間が〈おしなべて人相が悪くなっているように思え〉た。

ぐうたらな若者は、まっとうな生活者になったのである。利右衛門の風貌《ふうぼう》と相まって、この一篇はまことに心たのしい。

（昭和六十年一月、作家）

この作品は昭和五十五年二月青樹社より刊行された。

鶴岡市立 藤沢周平記念館 のご案内

藤沢周平のふるさと、鶴岡・庄内。
その豊かな自然と歴史ある文化にふれ、作品を深く味わう拠点です。
数多くの作品を執筆した自宅書斎の再現、愛用品や自筆原稿、
創作資料を展示し、藤沢周平の作品世界と生涯を紹介します。

利用案内

所在地	〒997-0035 山形県鶴岡市馬場町4番6号（鶴岡公園内）
TEL/FAX	0235 - 29 - 1880/0235 - 29 - 2997
入館時間	午前9時～午後4時30分（受付終了時間）
休館日	水曜日（休日の場合は翌日以降の平日） 年末年始（12月29日から翌年の1月3日まで） ※臨時に休館する場合もあります。
入館料	大人320円［250円］高校生・大学生200円［160円］ ※中学生以下無料。［ ］内は20名以上の団体料金。 年間入館券1,000円（1年間有効、本人及び同伴者1名まで）

交通案内

・JR鶴岡駅からバス約10分、「市役所前」下車、徒歩3分
・庄内空港から車で約25分
・山形自動車道鶴岡I.C.から車で約10分

車でお越しの方は鶴岡公園周辺の公設駐車場をご利用ください。（右図「P」無料）

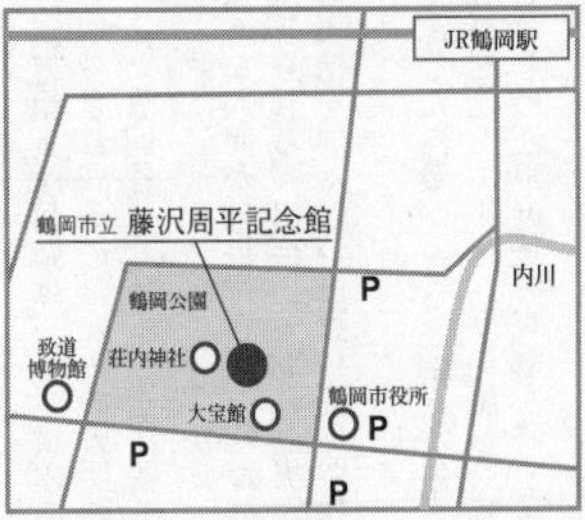

── 皆様のご来館を心よりお待ちしております ──

鶴岡市立 藤沢周平記念館

http://www.city.tsuruoka.yamagata.jp/fujisawa_shuhei_memorial_museum/

藤沢周平著
用心棒日月抄
故あって人を斬り脱藩、刺客に追われながらの用心棒稼業。が、巷間を騒がす赤穂浪人の動きが又八郎の請負う仕事にも深い影を……。

藤沢周平著
竹光始末
糊口をしのぐために刀を売り、竹光を腰に仕官の条件である上意討へと向う豪気な男。表題作の他、武士の宿命を描いた傑作小説5編。

藤沢周平著
時雨のあと
兄の立ち直りを心の支えに苦界に身を沈める妹みゆき。表題作の他、江戸の市井に咲く小哀話を、繊麗に人情味豊かに描く傑作短編集。

藤沢周平著
冤(えんざい)罪
勘定方相良彦兵衛は、藩金横領の罪で詰め腹を切らされ、その日から娘の明乃も失踪した……。表題作はじめ、士道小説9編を収録。

藤沢周平著
橋ものがたり
様々な人間が日毎行き交う江戸の橋を舞台に演じられる、出会いと別れ。男女の喜怒哀楽の表情を瑞々しい筆致に描く傑作時代小説。

藤沢周平著
神隠し
失踪した内儀が、三日後不意に戻った、一層凄艶さを増して……。女の魔性を描いた表題作をはじめ江戸庶民の哀歓を映す珠玉短編集。

藤沢周平著

消えた女
―彫師伊之助捕物覚え―

親分の娘おようの行方をさぐる元岡っ引の前で次々と起る怪事件。その裏には材木商と役人の黒いつながりが……。シリーズ第一作。

藤沢周平著

春秋山伏記

羽黒山からやって来た若き山伏と村人とのユーモラスでエロティックな交流――荘内地方に伝わる風習を小説化した異色の時代長編。

藤沢周平著

時雨みち

捨てた女を妓楼に訪ねる男の肩に、時雨が降りかかる……。表題作ほか、人生のやるせなさを端正な文体で綴った傑作時代小説集。

藤沢周平著

孤剣
用心棒日月抄

お家の大事と密命を帯び、再び藩を出奔――用心棒稼業で身を養い、江戸の町を駆ける青江又八郎を次々襲う怪事件。シリーズ第二作。

藤沢周平著

密謀（上・下）

天下分け目の関ケ原決戦に、三成と密約がありながら上杉勢が参戦しなかったのはなぜか？ 歴史の謎を解明する話題の戦国ドラマ。

藤沢周平著

闇の穴

ゆらめく女の心を円熟の筆に描いた表題作。ほかに「木綿触れ」「閉ざされた口」「夜が軋む」等、時代小説短編の絶品7編を収録。

藤沢周平著

漆黒の霧の中で
—彫師伊之助捕物覚え—

竪川に上った不審な水死体の素姓を洗う伊之助の前に立ちふさがる第二、第三の殺人……。絶妙の大江戸ハードボイルド第二作！

藤沢周平著

刺客　用心棒日月抄

藩士の非違をさぐる陰の組織を抹殺するために放たれた刺客たちと対決する好漢青江又八郎。著者の代表作《用心棒シリーズ》第三作。

藤沢周平著

霜の朝

覇を競った紀ノ国屋文左衛門の没落は、勝ち残った奈良茂の心に空洞をあけた……。表題作ほか、江戸町人の愛と孤独を綴る傑作集。

藤沢周平著

龍を見た男

天に駆けのぼる龍の火柱のおかげで、あやうく遭難を免れた漁師の因縁……。無名の男女の仕合せを描く傑作時代小説8編。

藤沢周平著

ささやく河
—彫師伊之助捕物覚え—

島帰りの男が刺殺され、二十五年前の迷宮入り強盗事件を洗い直す伊之助。意外な犯人と哀切極まりないその動機——シリーズ第三作。

藤沢周平著

本所しぐれ町物語

川や掘割からふと水が匂う江戸庶民の町……。表通りの商人や裏通りの職人など市井の人々の微妙な心の揺れを味わい深く描く連作長編。

司馬遼太郎著
関ケ原（上・中・下）
古今最大の戦闘となった天下分け目の決戦の過程を描いて、家康・三成の権謀の渦中で命運を賭した戦国諸雄の人間像を浮彫りにする。

山本周五郎著
赤ひげ診療譚
貧しい者への深き愛情から〝赤ひげ〟と慕われる、小石川養生所の新出去定。見習医師との魂のふれあいを描く医療小説の最高傑作。

山本周五郎著
青べか物語
うらぶれた漁師町・浦粕に住み着いた私はボロ舟「青べか」を買わされた――。狡猾だが世話好きの愛すべき人々を描く自伝的小説。

山本周五郎著
五瓣の椿
連続する不審死。胸には銀の釵が打ち込まれ、傍らには赤い椿の花びら。おしのの復讐は完遂するのか。ミステリー仕立ての傑作長編。

山本周五郎著
柳橋物語・むかしも今も
幼い恋を信じた女を襲う悲運「柳橋物語」。愚直な男が摑んだ幸せ「むかしも今も」。男女それぞれの一途な愛の行方を描く傑作二編。

山本周五郎著
大《おお》炊《い》介《のすけ》始末
自分の出生の秘密を知った大炊介が、狂態を装って父に憎まれようとする姿を描く「大炊介始末」のほか、「よじょう」等、全10編を収録。

池波正太郎著
散歩のとき何か食べたくなって
映画の試写を観終えて銀座の〔資生堂〕に寄り、はじめて洋食を口にした四十年前を憶い出す。今、失われつつある店の味を克明に書留める。

柴田錬三郎著
眠狂四郎無頼控（一〜六）
封建の世に、転びばてれんと武士の娘との間に生れ、不幸な運命を背負う混血児眠狂四郎。時代小説に新しいヒーローを生み出した傑作。

柴田錬三郎著
赤い影法師
寛永の御前試合の勝者に片端から勝負を挑み、風のように現れて風のように去っていく非情の忍者〝影〟。奇抜な空想で彩られた代表作。

隆慶一郎著
吉原御免状
裏柳生の忍者群が狙う「神君御免状」の謎とは。色里に跳梁する闇の軍団に、青年剣士松永誠一郎の剣が舞う、大型剣豪作家初の長編。

隆慶一郎著
鬼麿斬人剣
名刀工だった亡き師が心ならずも世に遺した数打ちの駄刀を捜し出し、折り捨てる旅に出た巨軀の野人・鬼麿の必殺の斬人剣八番勝負。

隆慶一郎著
かくれさと苦《く》界《がい》行《こう》
徳川家康から与えられた「神君御免状」をめぐる争いに勝った松永誠一郎に、一度は敗れた裏柳生の総帥・柳生義仙の邪剣が再び迫る。

新潮文庫最新刊

山田詠美著
血も涙もある
35歳の桃子は、当代随一の料理研究家・喜久江の助手であり、彼女の夫・太郎の恋人である——。危険な関係を描く極上の詠美文学！

帚木蓬生著
沙林 偽りの王国（上・下）
医師であり作家である著者にしか書けないサリン事件の全貌！ 医師たちはいかにテロと闘ったのか。鎮魂を胸に書き上げた大作。

津村記久子著
サキの忘れ物
病院併設の喫茶店で、常連の女性が置き忘れた本を手にしたアルバイトの千春。その日から人生が動き始め……。心に染み入る九編。

彩瀬まる著
草原のサーカス
データ捏造に加担した製薬会社勤務の姉、仕事仲間に激しく依存するアクセサリー作家の妹。世間を揺るがした姉妹の、転落後の人生。

西村京太郎著
鳴門の渦潮を見ていた女
渦潮の観望施設「渦の道」で、元刑事の娘が誘拐された。解放の条件は警視総監の射殺！ 十津川警部が権力の闇に挑む長編ミステリー。

町田そのこ著
コンビニ兄弟3
—テンダネス門司港こがね村店—
〝推し〟の悩み、大人の友達の作り方、忘れられない痛い恋。門司港を舞台に大人たちの物語が幕を上げる。人気シリーズ第三弾。

驟《はし》り雨《あめ》

新潮文庫　ふ－11－11

昭和六十年二月二十五日　発行
平成十五年十一月二十五日　三十九刷改版
令和五年九月十五日　六十八刷

著者　藤《ふじ》沢《さわ》周《しゅう》平《へい》

発行者　佐藤隆信
発行所　株式会社 新潮社
郵便番号　一六二―八七一一
東京都新宿区矢来町七一
電話　編集部(〇三)三二六六―五四四〇
読者係(〇三)三二六六―五一一一
https://www.shinchosha.co.jp
価格はカバーに表示してあります。
乱丁・落丁本は、ご面倒ですが小社読者係宛ご送付ください。送料小社負担にてお取替えいたします。

印刷・大日本印刷株式会社　製本・加藤製本株式会社

ISBN978-4-10-124711-3　C0193